綠蠹魚，Read It。

「綠」，是生趣盎然、生生不息；

「蠹魚」，藏身冊葉，優游書海。

Read It，為的不僅是「知識的力量」，

更為如今已少有人念想的，「閱讀的樂趣」。

就從此刻此書起，我們都是為樂趣而閱讀的綠蠹魚。

Just Read It！

校園阿肯

圖／文──毛治平
策劃──綠蠹魚編選小組
主編──黃秀慧
特約編輯──張君嫣
美術編輯──夏惠梅
編務協力──葉懿慧

發行人──王榮文
出版發行──遠流出版事業股份有限公司
台北市汀州路3段184號7樓之5
郵政劃撥──0189456-1
電話──(886-2) 2365-1212
傳真──(886-2) 2365-7979

香港發行──遠流（香港）出版公司
香港北角英皇道三一〇號雲華大廈四樓五〇五室
電話──2508-9048
傳真──2503-3258
香港售價──港幣60元

法律顧問──王秀哲律師・董安丹律師
著作權顧問──蕭雄淋律師
輸出印刷──博創印藝文化事業有限公司

2001年9月1日初版一刷
行政院新聞局局版台業字第1295號
定價180元（若有缺頁破損・請寄回更換）

ISBN 957-32-4444-6

國家圖書館出版品預行編目資料

校園阿肯／毛治平著.
一初版. 一臺北市：
遠流, 2001〔民90〕
面；公分
ISBN 957-32-4444-6（平裝）
855 90013480

遠流博識網
http://www.ylib.com.tw
e-mail:ylib@ylib.com.tw

校園阿肯

圖／文　阿肯

自序

想要畫這部《校園阿肯》，其實是我好多年前的一個構想。那時還跟一般考生一樣，每天日以繼夜的K著那些索然無味的聯考教材。因爲家裡離大學很近，所以我常常到圖書館裡念書。每天望著那兒的大學生，悠閒地騎著腳踏車，手上抱著原文書，遊蕩在廣闊的校園中。心中盼的望的，無不是能在第二年的十月，也能像他們一樣，當起大學新鮮人，背起一個屬於自己系上的書包，徜徉在青青綠草地上，翻著原文書，或談一段純純的大學之戀，過著傳說中所謂的「大學生活」。

那時我又告訴自己，我還重拾因升學聯考而放棄數年的畫筆，用好玩的漫畫方式，來畫出那理想中，或真實世界裡的大學生活。分享給那些關心我的朋友、同學、兄弟、以及我的父母看。

很幸運地，我終於擠進了大學的窄門，雖然當時所編織的許多大學之夢並沒有全部實現。但我確實拿起畫筆，畫起《校園阿肯》的故事。裡面的阿肯，是我筆下的一個主角——代表我自己和當時的一些大學生。大部分的繪畫時間，是我在一九九二年秋天（大一）到一九九六年（大四）的大學時光。共約一百五十多幅。每一幅漫畫後面，都有一段小小的故事，而這些小故事，當時都激起我的一些想法和靈感。我從小不善於文筆，較喜歡用誇張幽默的漫畫方式表達自己的感受。不論是在課堂上、寢室裡，隨手一畫，久而久之，就累積成這部《校園阿肯》了。

同學有時會過來分享一下，看見自己的故事好像也在畫裡面，大家相互一視，不覺莞爾。

朋友如協豐、志川、木松、培煜、志強、嚴威，都曾是我故事的來源。女生嫌我把她們畫太醜了，我就不敢在這裡指名道姓。但其實我覺得，我畫得還滿像的啊！

對很多人來說，大學生活是他們生命中最值得懷念的日子，吾心亦然。你相信嗎？畢業三年了，但那段令人懷念的大學時光，仍不斷地出現在我午夜的夢迴。

一九九九年暑假返國，有一天我突然接到一位大學好朋友的死訊，他也曾出現在我的某一個故事裡。在悲傷中，我突然有一種茫然的感覺，這件事似乎告訴我，那段大學生活，那段令人魂牽夢繫的日子，應該是要劃下思念休止符的時候了。是的，人總不能一直活在過去的夢裡吧。

於是，我想將《校園阿肯》付梓出書，是因以下兩個原因：

第一個是，我覺得台灣五十多萬的大學生，似乎沒有很多由他們自己寫的生活點滴叢書。不要太學術，也不要太嚴肅，輕鬆一點，幽默一點，最重要的是好讀一點。因爲我知道，現在的大學生越來越不喜歡讀文字很多的書了（像我就是）。所以我希望藉這本半文半圖的書，輕鬆的將許多大學生的故事說給一些學弟妹們，以及那些像我當年一樣，對大學生活有興趣和憧憬得人聽。

第二個原因是，我想紀念我那段逝去的大學歲月和那些離我遠去的同學跟夥伴。因爲他們對我來說，曾是那樣的重要與珍貴。

這些大學生活的瑣事，有歡笑也有悲傷，都是我和我那些夥伴們曾走過的足跡。昨天發生在我身上的，今天也許你們正在座同樣的事呢。我用漫畫的方式，再配上一些詞不達意的短文描述（我很抱歉，我實在不擅於文字），也許會省不少你們閱讀的時間和增添一些閱讀的樂趣吧！

最後，我想感謝《中華日報》教育專刊，曾在一九九三年連載過我的《校園阿肯》四個月。還有我的父母，沒有他們的支持還有對我的包容，這本《校園阿肯》一定會遜色不少。

那段離我遠去的日子，縱然已是數年前的事了。但這段我在整理稿件的時間，它們又像電影畫面一般，一幕接一幕的從我眼前閃過。彷佛又讓我重新過了一次大學生活。

假使裡面有一兩個故事，現在正發生在你身上，如果眞是那樣，那位好心的你是否願意寫封信告訴我？那我眞的會由衷的感謝你。因爲如此，我終於可以證明，那些荒唐好笑又很低能的事情，並不是只有我和我那些大學同學才幹得出來的。

一九九九年秋於台南

本書僅獻給我的父母及家人，

以及那些和我一同度過大學生活的所有夥伴們。

沒有你們的關懷、容忍和支持；

我無法完成這本書。

分不在高，能過就行

學不用深，抄抄則靈

斯是大學　貴在休閒

社團玩得兇　聯誼辦得勤

蹺課打BB　上課夢周公

還可找美眉　聊通宵！

無父母來亂耳　無補習之勞形

昔有失樂園　今有大學城

衆生云：　混張文憑

語出：前高教司長　于玉照

University may stand for : Universally Nurturing Intellect and Virtue with Enthusiasm and Reason for Science, Idealism, Truth and Yourself.

大學教育是以熱誠與理性，全面陶冶知識與品德，以追求科學、理想、眞理與自我。

目錄

自序

大學係啥咪碗糕？

秘密基地ＶＳ美麗城堡

只要ALL PASS・不要ALL趴

我要…我要…我要談戀愛！

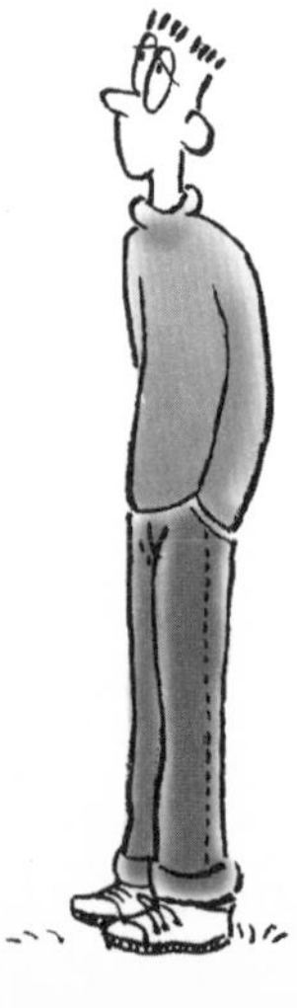

大學童話

後記

大學係啥咪碗糕？

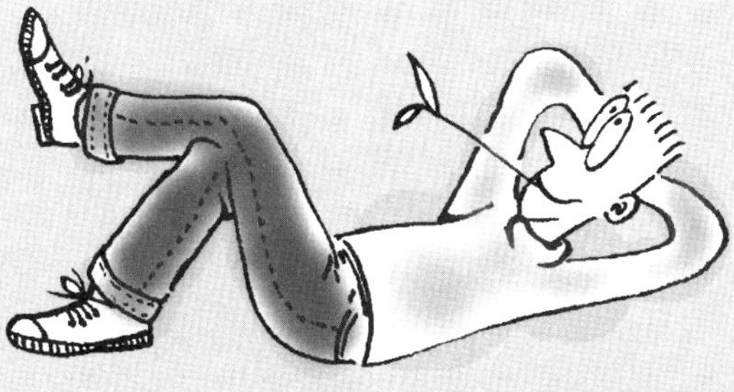

大學生

在我讀小學的時候，記得老爸曾經對我這樣說過，大學是一個很好的地方，你長大以後一定要念大學。

其實我當時也這樣認爲，那個年代的大學生，充滿了人文氣質，梳著西裝頭，穿著整潔，手上捧著原文書，戴著一副黑框眼鏡，滿腹浪漫與理想，以瀟灑的姿態走在充滿詩意的校園裡，和教授禮貌地討論著高深的學問，和女同學優雅的聊著浪漫的文學。除此之外，他們通常還有一股憂國憂民的情懷，浮現在他們睿智的雙眼之間。因此，當時的大學生一直受到大家的尊敬。

所以我也一直努力用功讀書，希望將來考進大學，變得跟他們一樣。在我想像中，我一直認爲大學生應該是這樣的。

這是我
想像中的
大學生

〈一號作品〉

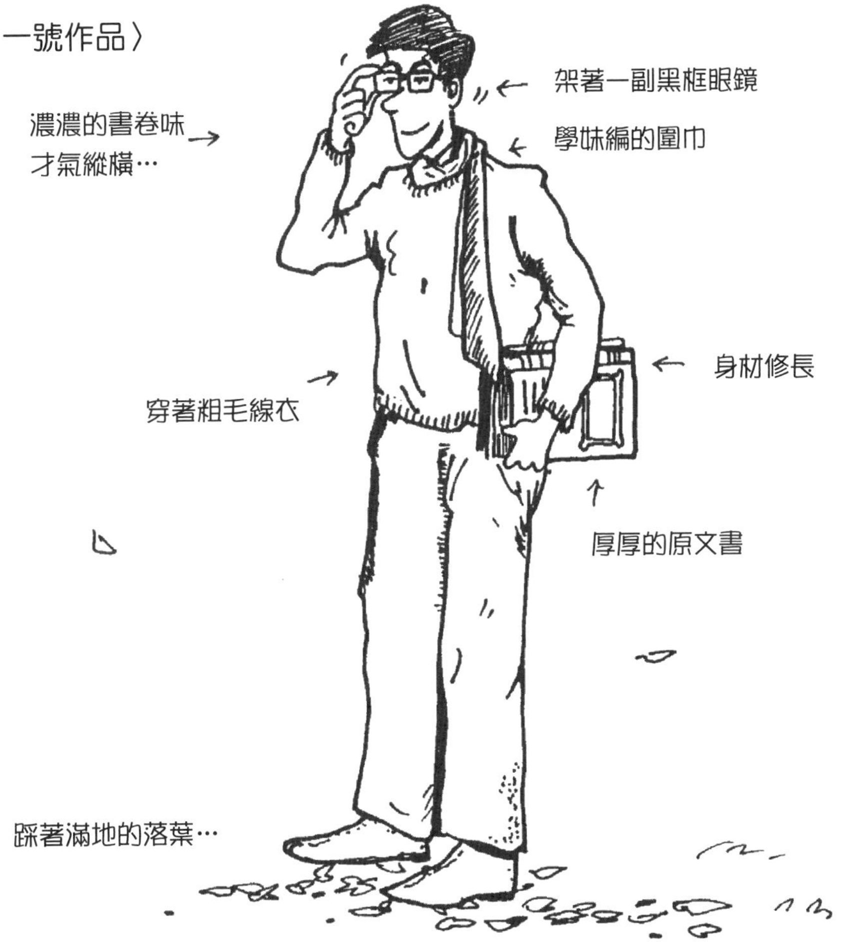
架著一副黑框眼鏡
濃濃的書卷味
才氣縱橫…
學妹編的圍巾
身材修長
穿著粗毛線衣
厚厚的原文書
踩著滿地的落葉…

但是當我將他畫出來後，拿給我那些大學夥伴們看時，大家的反應是：年冬歹歹，多肖ㄟ，我的腦袋瓜兒可能有一點問題。比較婉轉的同學則告訴我說，也許你吃藥的時間到了。建議你現在先吃有記號的那包。

我再仔細看了一下，也發現覺得有點怪怪的，於是我決定重新再把他畫一遍。

於是這次我把上大學所遇到的大學生畫出來。

當我再把他拿出來給大家看時。沒想到我那些大學夥伴們看過之後，都非常認同，他們不約而同開心地說：「這才像是眞正的大學生啊。」此外，他們更因有了一位瞭解他們的大學夥伴而深深感到愉快。

這是我實際看到的大學生

〈二號作品〉

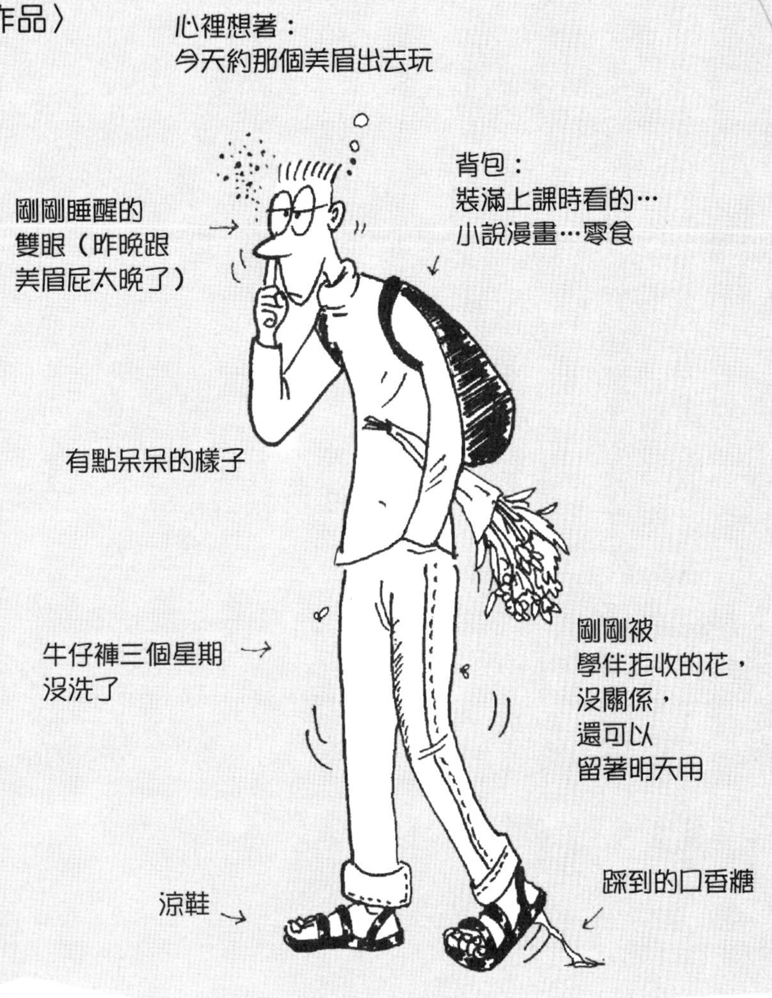

大學生的五分鐘熱度

我印象仍然非常的深刻，學校剛剛開學的前幾個禮拜，大家都對未來充滿了鬥志與希望。記得剛開學的前幾天，室友阿書在桌前貼了一張學習英文的計劃表，準備好好利用這黃金的四年來增加自己的英文能力。阿震也是意氣飛揚地買了好幾本書，準備要勵精圖治，四年寒窗苦讀。非把以前失去的美好時光，補償回來不可。

我呢，更是立下了一系列的大學四年計畫與方針。小從上大號的時間要有所改變的想法，大到爲天地立心，爲生民立命，復興我中華文化與恢復我國際地位的壯志，都有詳盡的腳本。

本人預計自己將在四年之後，成爲台灣政經界一顆閃亮的新星。而隔壁的室友，每個人的模樣都是那樣年輕有爲，充滿了蓬勃的生命力，眼睛裡也都散發出人生從未有過的異樣光彩，當時的我們，就像這個樣子：

代表人物
阿肯
阿川
Q毛
阿貓
阿狗
鼠輩

但曾幾何時，才過了一個多月，我們這些有爲的大學生就變成了這個樣子…

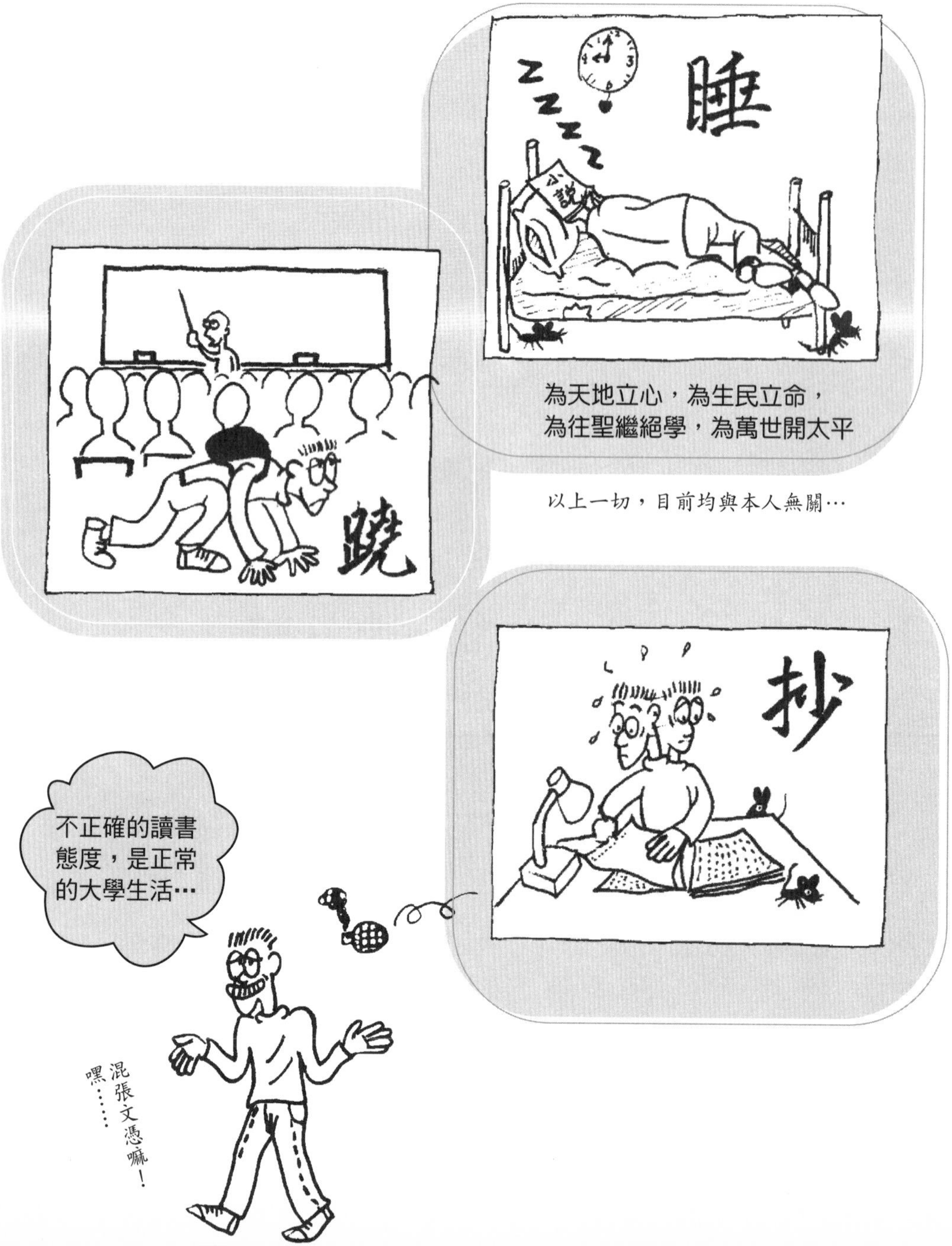
睡
小說
為天地立心，為生民立命，
為往聖繼絕學，為萬世開太平
蹺
以上一切，目前均與本人無關…
抄
不正確的讀書態度，是正常的大學生活…
混張文憑嘛！
嘿……

第一次上課

話說那天第一次上課，教授在講台上對我們這群新鮮人訓示道：「大學與中學教育的最大不同，應該說是大學教育需要學生的高度配合，同學應該在課前預習、上課聽講、發問、討論。課後繼續研讀並向教授請教。以學習更高深扎實的知識，培養獨立的人格，和精深的學識。」

就在那一剎那，天地爲之震動！日月爲之動搖！我感動得全身熱血澎湃。似乎，包括我在內的許多同學，也都身有同感。坐在教室裡的我們，每個人心都在悸動著。感到學問之門，已經在自己眼前展開，成功的道路，也將一片光明。默默裡，大家都爲自己立下一句誓言（不過，

，我是不知道他們的誓言是甚麼啦）。但我那時對自己允諾說：「沒錯！偶就素要這樣子過偶的四年大學生活啦！」

上課大聲發問
下課虛心請教
對教授很有禮貌
教授好

後來，我這條鐵錚錚的漢子，確實沒有違背當初對自己許下的承諾。我就這樣子過了我的大學生活。

教授的評語

這個混蛋！
一定是又
快被當掉了

在大學裡上課

開始上課的前幾次，教室裡還能看到滿堂彩的盛況。大夥兒似乎是眞的想成爲一位追求眞理與學問的「有爲青年」，但接著不久，就逐漸發現，「有爲青年」眞不好當，還是不如歸去吧……

於是，越來越多的「有爲青年」開始歸去，探詢「象牙塔」外的春天與奧秘。所以課堂內寂寥的桌椅，就不斷的一張接一張的增加。空盪盪的教室讓那些基本教義派的大學教授大爲不爽，開玩笑！神聖偉大又純潔的大學殿堂，豈容你們這些傢伙說來就來，說走就走。但通常這類教授開的課程都「叫座不叫好」。原因如左：

我記得上次你不是坐在這裡…
你應該是坐在後面才對…
阿肯才是坐在這邊的吧！
我很厲害吧！
嘿…
哇咧…
不知他是來上課的，還是來背座位表的

此外，大學殿堂裡的學問眞是博大精深，理論枯燥難懂。有一回阿志忽然很感慨的跟我說，唉！大學眞是一個很神奇的地方。我問他說，此話怎講？他回答，爲什麼明明知道教授在台上說中文，但是就是聽不懂他老人家在說甚麼？

聽不懂就算了！最慘的是，還要對那些聽不懂的理論發表意見。諸位一定知道，大學上課強調的是師生之間的「互動性」。這句話說的沒錯，可是卻不是很對！記得當時在課堂上大家的互動性確實很熱烈。比方說我們經常跟隔壁鄰桌的女同學互動，跟社團活動企畫書互動，不然就是跟周公互動，或是跟情書、小說、漫畫、電玩互動。反正動來動去，就是沒人想跟台上的教授互動。

所以大家最喜歡躲到最後一排的座位，想藉此減低被教授叫起來問問題的機率，又方便睡覺、聊天、傳紙條，或是寫情書。一旦不幸被點到，要回答問題時，非發出一些聲音來交差時，則胡亂掰一些「兄弟我獨自創建，古今中外都沒人聽過的理論」。不但同學、教授聽不懂，連自己都不相信自己說的東西。最後鬧出一堆校園笑話，流傳在大家茶餘飯後的話題中。這幅漫畫是畫我在大一上理則學（註）這堂課時，所發生的眞實故事。當我看到這幅漫畫時，又使我回想起那段在課堂上「不知所云」令人想笑的新鮮人歲月。

註：理則學其實就是「邏輯學」，教導大學生如何邏輯推論和理性思考。邏輯推論對大學生來說是一件很重要的事。因為正確的邏輯推論，關係到是否會有正確的獨立思考。錯誤的邏輯理論，不但會誤導方向，還會鬧出笑話。但甚麼是邏輯推論呢？來看看左邊這一則「三段論式」的校園漫畫吧。

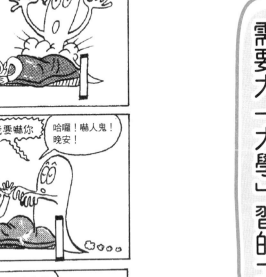

需要大「大學」習的士兵

大一開學不久，有一次上課教授在黑板上寫了四個大字：「大大學習」。

他接著跟我們這群新生說了一個故事，他說以前有一群驍勇善戰的士兵，剛剛打勝一場慘烈的戰役。他們筋疲力竭、衣衫襤褸的住進一所佔領的華麗宮殿裡，準備好好享受人生。但是沒過多久，這群士兵就赫然發現，他們每天待在宮殿裡根本不知道要幹甚麼。絢爛奪目的宮廷生活，讓他們慌了手腳無所適從，因爲他們發現自己除了會打仗之外，其他甚麼都不會。在虛度數年光陰之後，他們最後只好離開皇宮，又回到戰場上去過那種殺人放火的日子。

然後他話鋒一轉說道，現在我們就好像那群打了勝仗的士兵一樣，剛從聯考這場戰役中凱旋歸來，卸下軍人的身分，擁抱自由。但是當我們走進了大學這個豪華的知識殿堂裡，很多人卻迷失在這五彩繽紛的大學世界中，發現自己除了「考試」之外，其他甚麼都不會，就好像那群只會打仗的士兵。

然後他接著說，那群士兵可以選擇離去，因爲他們有一技之長。但是你們卻不行，因爲你們不能靠「考試」來吃飯。所以我們必須趕緊學習，利用大學中豐沛的資源、自由的環境，學習如何獨立思考，如何建立專業，培養自己的人文氣息，增加自己的處世經驗。而不是整天虛擲光陰，言不及義。接著他指指黑板上的字說：「這裡就是讓你學習的地方，大學，就是要大大學習。」

說也奇怪，許多在大學裡上課的內容，都因年代久遠而模糊不可考時，唯獨那天教授上的課，至今仍一直清晰的印在我的腦海中。

大學生的勞作

記得剛來學校的前兩天，我被一種奇特的景象所深深吸引。

那就是每天早上或中午，總會有一群穿著時髦帥氣的大帥哥（學長）拿著一支爛掃把，還提著一只破畚箕，或是拖著一只大大的長方形的竹簍子，在路邊掃大街。接著我還看到幾個身著高雅長裙或套裝，腳穿皮靴或高跟鞋的美麗女子大學生（學姐），右手提個水桶，左手拎個短柄刷，怯生生地，嬌柔柔地走去女廁刷大便池。當時這個景象讓我覺得有點不搭調，也有點好笑，於是我回寢室把這景象給畫了下來。

過兩天之後，就換成我們這些菜鳥當主角啦！正式勞作的前一天晚上，小組長特地到每間寢室裡點名要我們第二天集合在某棟的男廁前，還強調，絕對不准遲到。

Q毛跟我說，他一直不能接受這個事實，那就是上了大學還要掃地。那不是國中高中生幹的事情嗎？他說，勞作根本就是「勞改工作」，是學校當局用來壓榨我們這些大學生的寶貴青春和免費勞力用的。他又說，想他在家裡連掃把都很少碰過，但這下子每天都要洗男生廁所。想想就很嘔。但他又補充道，不過如果是掃女生宿舍裡的廁所。就另當別論了。

我當時頗爲同意他「精闢」的見解，尤其對掃女廁那個提議印象特別深刻，更深深對學校的「勞改工作」感到不以爲然。

但是我們這群菜鳥，第二天仍然準時到廁所前報到。因爲大家都知道，勞作教育是本校無學分的法定必修課程。不及格必需重修，否則無法畢業。

掃過必留下痕跡

那天，大概是平常「好事」做太多了。很幸運的，我跟Q毛被分配到掃便池和小便斗的部分。那可說是廁所最難掃的部分。

第一次掃廁所時，Q毛跟我可以說是滿嘴「雪特!(shit)」一肚子大便。因爲我們都不知道，爲甚麼有些人在「種芋頭」時，總是對不準目標。以致造成「大芋小芋」落滿地。更扯的是，有一次還有一塊芋頭黏在門上，我們猜那一定是用噴的才會這樣。至於爲什麼會噴那麼遠？至今仍然是一個謎。Q毛一邊抽煙一邊罵道：「雪特！都上大學了，便便屁股還對不準。難道要我們畫個紅心在裡面嗎？」

除了對不準的問題外，我們還發現，原來擦屁屁的東西，除了衛生紙、報紙跟教科書的書頁之外，還能有這麼多的變化與應用。人在絕望的情況之下，能發揮的想像力與創造力是如此的令人驚異。我們常在垃圾桶和地上看到很多沾滿「大大」的東西，從鉛筆、原子筆、香菸盒，到手帕、襪子、內褲、衣服一直到拖鞋、瓶子、書包。有一次我還看到一隻籃球鞋「髒髒」地躺在在垃圾桶裡。

Q毛說，他上次費了好大的功夫，才把好幾個黏在牆上的「咖啡色泥指印」沖洗掉。看來那次指印的主人，真的是到山窮水盡的地步了。

很討厭的事還是掃完廁所後去男餐吃中飯。此時已經是十二點四十分左右了。等我們到達時，好吃的，整齊的菜跟肉早就被大家搜括一空，那十多個盛菜的鐵盤裡剩下的東西（我們姑且稱之爲菜吧），有些依稀可以辨認出前身是一塊豬蹄膀或是一塊雞胸肉，有些還可分辨出是空心菜或魚排。其餘的，就是一陀一陀軟軟的、糊糊的東西，混在咖啡色的湯汁裡黏在一塊兒。也許那生前是塊茄子吧！或是皮蛋豆腐……但怎麼看都好像很眼熟。像是不久前才在某處看過的東西。有好一陣子，我跟Q毛的中餐費都沒有開銷過。

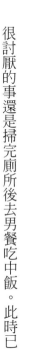

其實最頭痛的是小組長嚴格的要求，他特別強調便池跟小便斗的內側，一定要刷得乾乾淨淨的——乾淨到可以在裡面洗臉才行。

但便池裡面的弧形凹槽，還有排水口的四周圍，往往是最容易藏污納垢，也是最難刷到的地方。很多死角刷子根本無法接觸到。每次拿短柄刷來做近身肉搏戰後，總還會殘留一些黃黃黑黑的東西在上面。

Q毛每次就一面洗一面抱怨。他抱怨的語言很簡潔有力。都是以四個字或五個字爲一個單位。比方說：「ｘｘ伊老師咧」或是「ｘｘ伊小組長」「ｘｘ伊勞作」（注：ｘｘ的字根據教育部規定而被消音，請讀者自行填入）。有一次當他又在「抱怨」時，正好小組長就站在不遠的地方。

第四天勞作，我就向小組長提出抱怨說。這些死角根本就不可能洗乾淨，我當時的用意是希望他將來在檢查時能夠多多包容一下。

學長聽完後瞄了我跟Q毛一眼說：「學弟，我以後跟你們一起洗便斗吧，但今天我先洗給你們看。」

說著就彎下腰去戴上塑膠手套，蹲下身拿起一片菜瓜布再沾一些清潔劑，直接把手伸進尿池裡面，就這樣在我面前，一個接一個把四個小便斗裡的死角擦得乾乾淨淨。

然後他轉過頭跟我們笑著說，我以前也抱怨過這個問題，但我學長跟我說，洗尿斗都是這樣洗的。當時我跟Q毛看得目瞪口呆，而從那個時候起，我就再也沒有聽過Q毛抱怨半句。而我們現在也用這種方法來對付那些難洗的地方。

照例，中午上完邏輯學的課後，我跟Q毛便走到十八棟的男生廁所去作勞作。才走近廁所，就聞到一股刺鼻的阿摩尼亞味夾著硫化味，從幾個便池跟小便斗中傳了出來。我探頭進去瞧了一下，果然有許多「大大」漂泊流浪在外。但我們已經習慣了。

按照標準程序，我們從工具間拿出戰鬥用的「ㄍㄟ絲」，先用水管把四間廁所沖一遍，再灑上一些鹽酸。大約等五分鐘溶解後，拿長柄刷用力的洗刷地上跟牆上的磁磚。再蹲到地上，用手去清洗那些難洗的死角。漸漸地，磁磚原本的顏色逐漸露出來了，刺鼻的味道也沒有了。打開水龍頭再沖洗一遍，讓流水帶走一切污穢的渣滓。廁所又回復了往日的乾淨。

Q毛很得意的吐一口煙說：「雪特！我敢保證，再也沒有像我們這種專業洗廁所的大學生啦！洗得又快又好，看！廁所現在多乾淨啊！」他深深吸了一口氣說：「Hmm…還充滿了人文氣息哩！」

我們把清潔器具收好，站在旁邊等小組長來驗收，今天是我們最後一次掃男廁。明天，我們就要換防去掃美麗的文學院了。

不久小組長就來了，打完分數後，我們準備請他到男餐吃中飯，走之前，Q毛說：「等一下，讓我先撇個小條。」於是他走向小便池，一根煙叼在嘴裡一邊說：「雪特！最後一次掃的廁所，要先自已享受一番才行。」臨走之前，他還順手把男廁洗手槽前的鏡子，很小心地用紙巾擦乾淨。

好想跟中午那個
掃文學院的
長髮美眉說話哦！
94'

那天中飯，我跟他都點了男餐新出的咖哩牛肉飯。淋在飯上面的東西，怎麼看都好像剛剛才在哪裡看過的東西，但我們現在對這種「很像咖哩的大便，或很像大便的咖哩」的問題，早已視若無睹，絲毫不受影響。大家邊吃邊聊這一個月來的甘苦談。小組長此時和我們已成為無話不談的好朋友了。

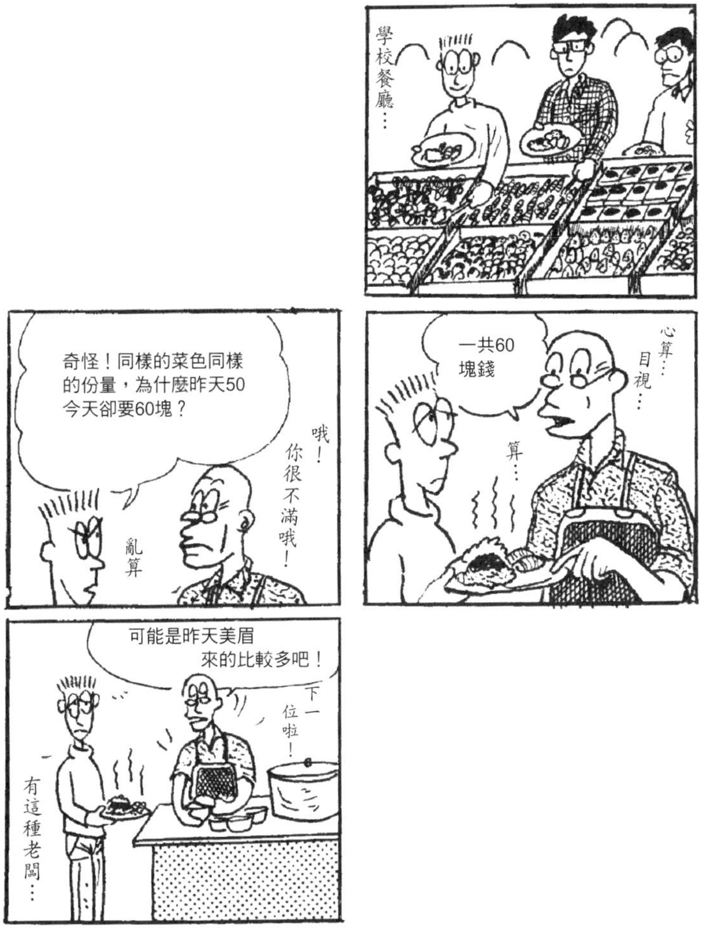
學校餐廳…
心算…
目視…
一共60塊錢
算…
奇怪！同樣的菜色同樣的份量，為什麼昨天50今天卻要60塊？
哦！你很不滿哦！
亂算
可能是昨天美眉來的比較多吧！
下一位啦！
有這種老闆…

吃到一半，Q毛忽然若有所思地停在那兒動也不動，兩隻眼睛很深刻的瞪著他那盤咖啡色的咖哩飯猛看，似乎有滿腔的悲憤想要傾吐。

我跟小組長都知道，這陣子他對掃廁所有許多的意見與不滿，於是我倆放下筷子，正襟危坐的望著他，等他開始大發牢騷。

良久，他終於抬頭望著我們，對我們說：「雪特！最好不要讓我捉到那些歪著屁股『種芋頭』的傢伙！」他嚥一下口水接著說：「否則！我一定讓他們下半輩子，只能用人工肛門大便……%$#@*&!。」

記得向前一點
還要保持正中
好吧！開始射擊
等一下出去，我一定要殺了他

方舟上的大學夢

根據統計數據顯示，人的一生，要花三分之一的時間在睡覺上。而許多台灣大學生的時光，可能有更多的時間，是在這張方舟（床）上度過的。根據本人親身的經驗，這種說法確實所言不假。也因此，如果想要探討「大學生活」，就必需探討「大學之覺」，就好像要談「大學之戀」，卻不談「大學之性」，是一樣的毫無意義且根本不切實際。

但是爲甚麼那麼多的大學生會把大把大把時間都花在睡覺上呢？要回答這個問題，我們可以從以下幾個方面來探討。

第一，太無聊了。

這是室友阿豐跟我說的。他說：「大學生活，有時候眞的是太無聊了。」實在不是他想睡到天荒地老。而是除了睡覺之外，好像眞的沒有其他甚麼天長地久的事情可幹。大有「余豈好睡哉，余不得以也」之嘆。有時大學生活往往無聊到不知所措，無聊到想「抓蚤母相咬」，但又沒有「蚤母」可以抓來相咬，所以只好睡覺囉。你看那些被餵得飽飽的狗狗，不是每天都睡得香香甜甜的嗎？實在不是他們懶，是因爲牠們也無事可做。他又說，有時候在床上睡太久，會有一種罪惡感，所以乾脆就拿一本厚厚的教課書墊在頭下當枕頭，據說這樣還可以順便把書裡的知識一起睡到腦筋裡，「摸蛤蜊兼洗褲」，眞是太有效率，太天才啦！

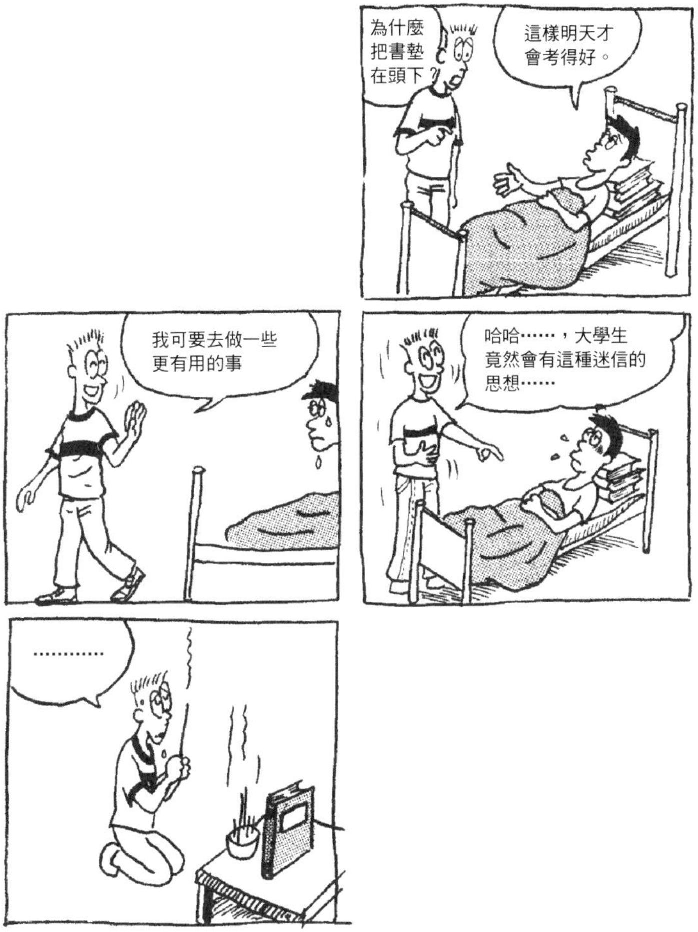

有些人則是帶著棉被和枕頭，外加醒來時要吃的零嘴，到圖書館或自習室去補眠，因爲那兒比較安靜，能夠增進睡眠品質。又能消除被室友譏爲整天窩在方舟上晝寢作午夢之恥。

第二個大學生睡覺的原因是，有些大學生認爲他悲慘的過去是一片空白（過去高中時代失去太多睡眠時間），而未來是一片茫然（未來畢業後是否仍有時間可睡）。現在又不知道自己在幹嘛！所以，就用睡覺來麻痺自己，逃離這殘酷現實又找不到漂漂美眉的大學生活！

順便一提，通常這種「逃避現實」的大學生一搭上這條船，就是打雷山崩、敵機轟炸、警匪槍戰也吵不醒他們。除了某種特殊頻率的聲音，比方說電話。

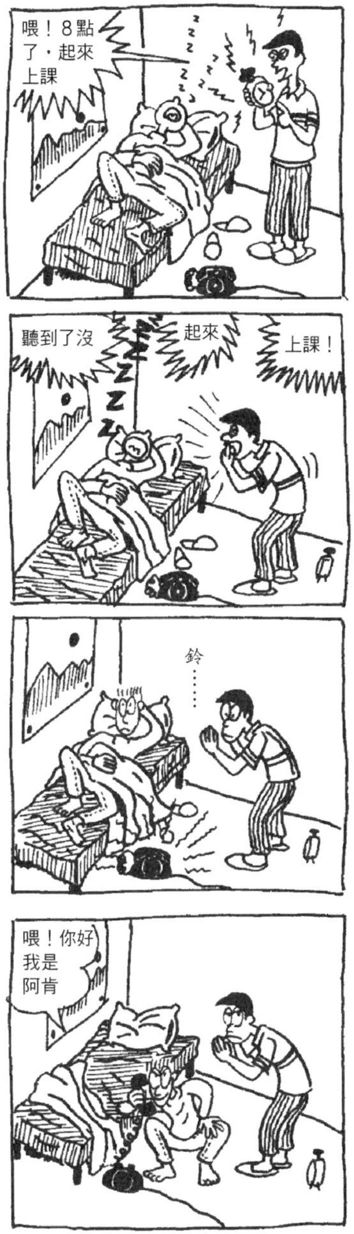

第三，對許多大學生來說，睡覺不只是一種習慣而已，還是一種興趣與嗜好。我至今仍然記得非常清楚，在大一新生自我介紹那天，有七個女生和四個男生上台說，他（她）生命中最大的樂趣就是「睡到自然醒」。而不論從天時，從地利，從人和的角度來看，大學正好都提供了實行這項嗜好的絕佳條件。難怪有句「順口溜」一直流傳在大學校園內：大學有三寶：聯誼，蹺課，睡到飽。

在大學裡，不但有一個安全無虞的睡眠空間（不用擔心父母師長的查勤，一覺到天明）。還有由你夢四年的睡眠時間，最重要的是會有一群相同興趣的愛好者，一同來共襄盛舉。大家彼此分享睡後心得（怎樣睡才不會被教授點到），並互相安慰鼓勵，讓「方舟之旅」變得更人性化也更溫馨，保證連作夢的時候都會微笑。哇哩ㄌㄟ！想想這樣好的睡眠環境，現在不睡趁何時呢？當然就用力給他睡下去囉。難怪我一狗票同學都搶搭這條夢幻之舟，大做起大學之夢來了。

最後一點，很多大學女生相信，睡覺是全世界最好的美容護膚聖品。她們常常用一句號稱是美容界的至理名言，來合法化她們搭乘大學方舟的行爲。那就是：「日覺睡到飽，年輕永不老。」所以很多很多女同學們沒事就大睡特睡，難怪

我打電話去她們寢室時，常常沒人接電話。

原來是全寢室的人都正在服用美容仙丹，當起睡美人來了。

我也常被斥爲，不是王子，竟敢來打擾她們的睡眠！小心受到詛咒（她們認爲，睡覺時是睡美人在等待王子到來的時刻）。我很無辜，因爲我當時是眞的不知道睡覺會改善一個人的臉皮，我只知道睡太久會讓人變得「腦滿腸肥」，似乎不太有利於她們的肚皮。況且，如果睡眠眞的能夠美容的話，我有些女同學們，可能非得睡到死不可了，但這句話我可沒敢跟她們說，否則先死的人一定是我。

睡眠不足是美容的敵人。
TIME
飲食不良也是美容的敵人。
運動不夠更是美容的敵人。
顯然她是敵人的俘虜。

但不論如何，「睡覺」這件民生大事，在大學生的生活裡，是佔了這樣重要的地位。雖然是如此的重要，但每每從一個過長的晝寢午夢中驚醒後，盤坐床上，在悔恨與自責中數算著那在睡夢中成群流逝的大學時光，心裡卻又是如此的後悔與徬徨。告訴自己不能再墮落下去，卻又再一次不知不覺的進入夢鄉。

唉…真的不能再墮落下去了…
好！從今天起苦讀8小時
………
………
我保證這是我最後一次墮落。

然而有一次妳卻告訴我說，那段待在方舟上愛恨交織的歲月。不論是爲了美容護膚也好，還是因無聊逃避也罷，或只是單純休息，爲的是走更長遠的路。妳說那艘曾陪伴著妳航行在人生最寶貴的青春歲月裡的「諾亞方舟」，乘滿著那青春學子大學之夢的「愛之船」，永遠是妳的大學回憶中，最鮮明也是最模糊的一段故事。

寂寞的大學生活

有一個下午，你告訴我說，上了大學之後，多了一個新朋友，名字叫做「寂寞憂鬱」。一直伴隨在你的大學生活裡。

於是你問我，應該是多采多姿的大學生活，怎麼會這麼寂寞呢？應該無憂無慮的青春年華，又怎麼會如此憂鬱悲傷呢？

我想，是不是就是因爲大學生活太燦爛奪目，所以才會迷失方向。因爲迷失方向，而覺得寂寞。又因寂寞而感到極度憂鬱悲傷。你也知道，大學是一個追尋自我的地方，再也不會像以前國中高中那樣，一群同班同學從早到晚相處在一起。

相反的，在大學裡，只有在上課的時間，同學才會短暫地相處在一起。但是一下課，大伙兒又各自忙著自

己的事了。有的忙著趕去約會。有的則急急忙忙去參加社團活動。還有些同學說他們要去打工、逛街。剩下的則說他們想要回寢室睡覺。以至於明明很想跟班上那位長髮女孩說話，卻怎麼樣也找不到機會。有時想找幾個同班同學聊聊天，但他們卻說：「下次吧！」

你又說，曾經很多次，下課後一個人靜靜的低著頭，數著腳步走回寢室。在路上，總會遇到一些假裝不認識你的同班同學。好一點的，會將臉的方向轉向你，然後露出兩排牙齒，跟你「微笑」打招呼。但在零點一秒內，臉又馬上變得面無表情。讓你感到好虛僞。

許多時候，想要找室友聊聊天，打發掉寂寥的時光。但門一打開，只有桌椅，床鋪和沒倒的垃圾還在。面對空無一人的房間，一股莫名的寂寞感包圍著你的心頭。看到窗外來來往往，成群成雙的男女同學，大家有說有笑，但你卻感覺自己像是被遺棄在世界的一角。你坐在床沿邊，把臉埋在手掌裡，忽然有一種傷心的感覺湧上心頭。

心裡很悲傷，卻說不出爲甚麼。只是覺得內心一直好寂寞，好空虛，好難過。傳說中燦爛的大學生活跟實際上的差了好多好遠。

每次在校園裡走一遭後⋯
我才知道⋯
我寂寞的原因是什麼⋯⋯

我記得有一次老教授在課堂上這樣告訴我們。他說，大學生活，就是要學習如何去擁有自己的天空。也就是說，在這兒，你得學習如何去經營自己的人際關係，自己的生活，找尋屬於你自己的生命模式……否則寂寞空虛會無時無刻地包圍著你。你一臉茫然的樣子，抬起頭問我：「這個我都知道，但我要怎樣去做ㄌㄟ？」

學姊，妳越來越瘦了哦！真水！
是嗎？
學妹妳越來越漂亮了
哇哈哈…
眞的啊！謝謝！
哇！越長越大了哦！
恭喜
眞是奇蹟…不錯哦！
一時收不住口
這是一場誤會！
喂喂！
抓到疑似校園之狼的男子… over
萬惡校警隊
'94春…

我仍記得那個下午，我們聊了好久，聊到月上東山，還有滿天星斗相隨。低垂的夜幕上，星星像小鈴噹般，叮叮噹噹，叮叮噹噹，似乎不再憂傷了，也沒了寂寞。你抬起頭仰望天際，想起小王子裡的那隻小狐狸，於是轉頭跟我笑著說，我知道了，我要在大學生活中學會如何「養馴」。我要養馴屬於我自己的世界呢。

狐狸說：「對我來說，你不過是一個小孩，和成千上萬的其他小孩沒有兩樣。我不需要你，而你也不需要我。對我來說，我和成千上萬隻狐狸沒什麼不同。但若你養馴我，那我們便互相需要了。對我來說，你就是全世界獨一無二的，我也是全世界獨一無二的……」（摘自小王子）

好幾年已經過去了。那段寂寞的大學生活也都已經成爲回憶。但有時我仰望星空時，我就會想起那個我們發現「養馴大學生活」的晚上。

我們開始養馴了屬於自己的朋友、天空、世界，和大學生活。我們也養馴了彼此。於是不再孤單，也不再憂鬱……。只是，我們當時怎麼都忘了，馴養是要付出流淚的代價的……。

秘密基地 VS 美麗城堡

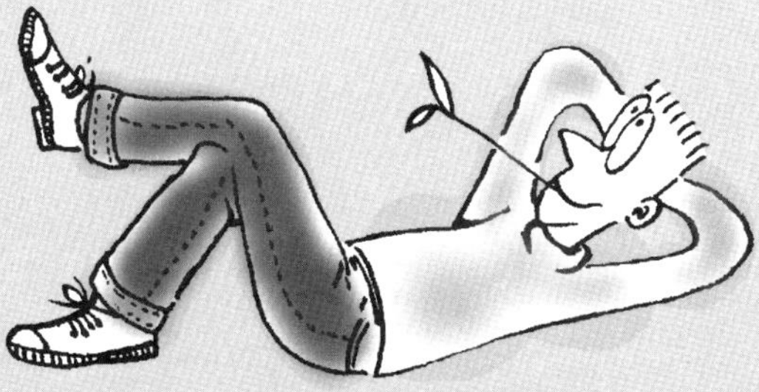

「牢獄」生活

宿舍生活對大多數的新鮮人來說，是一個很重要又很有意義的經驗和挑戰。這是因爲住宿生活可以跟許多來自不同生活背景的室友相處在一起，時間一久，自然就會發現許多意想不到的趣事或紛爭。如何解決怎樣改善，在在都考驗著新鮮人的智慧跟與人相處的能力。

其實，寢室問題往往是出於彼此不同的個性、生活習慣和想法。比方說，我有一位愛抽煙的室友，卻常常抓著怕煙味的同寢伙伴大談自己未經驗過的人生規劃，說眞的，他的計劃聽起來非常的周詳、嚴謹，又有前瞻性。但我們都由衷地希望他能活得夠長去完成那些理想。

我一位很愛唱歌的室友兼浴室「歌王」，每天非得要唱個一兩個小時的歌才能解癮。但你必需很用力、很仔細地聆聽，才能發現那些奇怪聲音是「歌聲」。最糟的是，他自己躲在房間唱就算了！偏偏他老兄喜歡在浴室內高歌，配合浴室內特有的迴音效果，常常搞得人神共憤！

我還遇到過兩個室友，一個半夜會滋滋滋的磨牙（我懷疑他前世是個殺豬的）。更慘的是，跟他鄰床的那個傢伙，晚上會打呼！（他上輩子一定是隻豬），每次兩人三更半夜輪流開前世今生的演奏會時，我就會很想哭。常常躲在被窩裡流淚，懷念在家裡那段一個人睡的日子。

嗚～好想回家睡覺覺喔。

磨牙跟打呼

浴室歌王

室友散漫邋遢，鼻毛不剪，腿毛不修，頭髮不理。這都沒關係，他還把大家當成文天祥來操，衣服亂丟，垃圾一星期不倒，還有放在桌上放到長霉的蘋果，穿成黑襪子的白襪子。把寢室搞得好像被三顆手榴彈炸過一樣，讓大家每天「視歸如死」。

最頭痛的是，他不但不知道自我反省，還常常得意的對外宣稱，他對寢室最大的貢獻就是有一天當「大學之盜」來臨時，會以爲這間寢室已經有人偷過而離開。

所以初期的大學生活過的開不開心，會跟你的室友有很大的關聯，如果與室友相處得不融洽，那大學生活有可能就變得不如意了。但是，大學生漸漸會有自己的世界和人際關係，當有了社團活動，交到了男女朋友，或找到打工的工作，還是發現自己的興趣時，那大家就開始各顧各的。

近年來，bbs逐漸在大學校園內興起之後，更使得大學宿舍中的生活變得不如往昔熱絡。

明峰：喂！阿肯你有沒紅筆啊？我等下要用
阿肯：有啊
峰：借一下吧！
阿肯：好啊！
明峰：麻煩你把它送來好嗎？
拿去
thanks

大學的宿舍生活也許是大部分人這一生中，最後一次機會跟這麼多不同的朋友相處在同一個屋簷下。大家從陌生到熟悉，共同生活，互相學習，彼此鼓勵好好把握。在那兒你將會有許多回憶。

其實一個人隻身在外求學，往往會遇到許多不如意的事。尤其在情感上遭到挫折的時候，能向誰來傾吐內心的苦痛和鬱卒呢。此時，寢室就是你在大學中最後的「溫柔鄉」了。裡面那些關心你的室友，他們總是在你最失意的時候，給你最溫柔的安慰；在你最痛苦的時候，給你最堅定的鼓勵和最溫柔的安慰，讓那遠離家園的學子，那顆受創的心靈，得到慰藉，而有力量重新從逆境中站起來。

喔！室友！室友！眞是何等的偉大與重要啊！

室友還有另一個功能：當你在緊急無助，孤立無援時，往往也是他們，會伸出堅定的援手與有用的協助，來幫助你度過難關。而且你還會發現，原來你的室友是如此聰明與天才，且富於創意。

從室友身上，你還會學到許多不同的看事情態度和方法。不同的室友會有不同的想法和觀念。等將來你面對非常多變多元的社會時，你將不會有太多的偏見與不平。因爲拜他們之賜，你能以更正確的眼光和態度來審視和評量這個世界。

我的女朋友要會幫我洗衣服
還要會幫我弄吃的
如果能幫我打掃房間更好
不知道他是在找女友還是女傭？

現在，我親愛的朋友，你們終於知道宿舍生活在大學裡有多重要了吧！而你的室友，對你來說，也是如此珍貴，他們眞是太重要了，以至於你現在一定巴不得趕快衝回去，緊緊抱住你的室友。告訴他說：「那些不論是快樂或痛苦的宿舍經驗，都將是我大學生活中最重要的痛苦回憶和經驗，喔！不是，是最重要的一個珍貴回憶和經驗。」

而我想，他聽了這句話，一定也會「莫名」的感動吧。眞的！到了大二，很多同學就會搬出去住，過著他們快樂的校外大學生活，那又是另一種不同的經驗，而大一的宿舍生活，將是你一個永遠難以忘懷的經驗。

男生宿舍
咦～奇怪我的拖鞋放到哪裡去了？
……
……
Q毛，星期三是禮拜幾？
沒關係
我要忍耐
下學期就搬出去了
哇！忘了放水！

1995年秋，因為忘記帶鑰匙，在學弟的協助下，冒死從四樓69404號房，爬到我的房間 (69405)，是我最難忘的宿舍經驗。

男生宿色

早期曾經有人說，大學生的寢室都像城堡一樣孤立；各人緊守著自己的領域疆界，忍受孤寂，不容外人的入侵。但隨著時光的流逝，到了近代，大學生的寢室，仍然像城堡一樣孤立。但是現在城堡裡面不只住著王子而已，還「長住久安」著公主。有時還不只住一位公主，而是有好幾位公主。

這些公主起初在她們王子的城堡裡過夜，都有不同的悲慘故事和動人的理由。有的說路太長，人太累；有的說天太黑，風太大。大多數是說她們自己的城堡大門已經關上了。兇惡的守衛大媽早早睡著了。所以只好委身在此。

以前只要公主來了，城堡就要淨空。閒雜人等，非相關人員，一律迴避。

現在大學生很少聽得懂這句話了，但是大家仍然很有禮貌地迎接公主的蒞臨。尤其到了晚上寢室熄燈之後，許多非相關人員，閒雜人等，都在床上睜大眼睛，豎直耳朵，爲王子跟公主守夜。久久不肯睡去。徹底表現出令人驚異的「大學之愛」。很奇怪，大概是公主帶有天命吧。常常，只要是公主臨幸的那天半夜，城堡裡就會出現有感的地震。第二天人們就會議論紛紛，爲甚麼，爲什麼這個地震震央如此的接近地面呢？而且還伴隨著奇怪的「地鳴」聲。眞是異象啊！

最後公主住了幾次之後，發現她實在太愛王子的城堡了，也一分一秒都不願離開她的愛人，因此決定力排眾議，長住在王子的城堡裡，跟王子過著幸福快樂的日子。

於是，那些非相關人員就開始頭痛了！許多「奇聞趣事」不斷地流傳在城堡裡。比方說早上起來到廁所，會看到整間廁所被王子「交通管制」，因爲一位偉大的公主正在裡面如廁。或是某位王子在外面洗著他公主的小褲褲，頭上還晾著她的整排衣服。有人半夜洗澡洗到一半，忽然聽到浴室裡有女鬼在哭，嚇得他從浴室裡衝出來，演出三級裸奔。後來才發現，原來那是某位公主的歌聲。我還親眼目睹學弟含著淚水在門外站崗，替公主和王子把風。等他們做完「愛做的事」的偉大事蹟。最後還有跟公主同住的閒雜人變成王子，王子變成閒雜人的宮廷悲劇。

講到這裡，我親愛的朋友，下次當你們經過某大學的男生宿舍時，看到一群女生在走廊上晃來晃去，談天說笑。還有外面曬衣場上晾著不像是男生會穿的衣褲，又從門縫裡瞄到裡面躺著一位清純可愛的女生在

校園現在流行養寵物……
連男生也
不例外……
阿肯，
你有寵物嗎？
我當然也
有寵物啦！
只是不是我
養的而已…

呼呼大睡。不久又從某間男生浴室傳出女鬼在哭，Sorry！打錯字了，是某位浴室歌后的練歌聲時，孩子！你千萬不要懷疑。這兒確實是男生宿舍沒錯。不信的話，請妳走到大門口去看那塊招牌，上面是不是印著「**男生宿色**」四個大字。

神秘的女生宿舍

據傳說，女生宿舍是一個充滿傳奇的地方。也許是因爲女舍總是採封閉式的建築結構，有一種庭院深深的感覺。又或許是因爲裡面住著許多花樣年華的青春女子大學生。更使它增添一份誘人的氣息。

曾到過裡面的人出來說，女舍裡面美女如雲，美景如林（傳說女生在女舍裡穿著都很「輕便」），尤其那些賞心悅目的「五彩國旗」滿天飄揚。更是令人目不暇給，眼花撩亂。

傳聞又說，從各個寢室飄出來的粉脂味，使女舍的走廊上充滿了各式的花香。如果你從廊道的這端，走到走廊的那頭，常會因不同的香味而產生不同的心情。我還聽人家說過，女生宿舍水溝裡的水是粉紅色的，那是被她們從臉上洗下的脂粉鉛華所染紅的。

太多的傳說，太多的神話，因此我一個當校警隊的同學告訴我說，每個學期，他們總有幾次要帶著電擊棒、警棍、催淚瓦斯和手銬到那個住滿一群大學女生的男人禁地，搜

尋那些探索傳說的「怪叔叔」。也因爲如此，又有傳說女舍裡面養著一群餵得半飽的狼狗，專門咬色狼。每一間寢室還配置一隻「粉長，粉硬，粉粗」的實心桃花木棍，並有教官和武術家定期教導女生們如何使用這些工具來攻擊男人的要害和弱點（課程就叫做：人體要害）。保證讓那些闖入者直的進去，橫著出來。後悔認識「女舍」這兩個字。

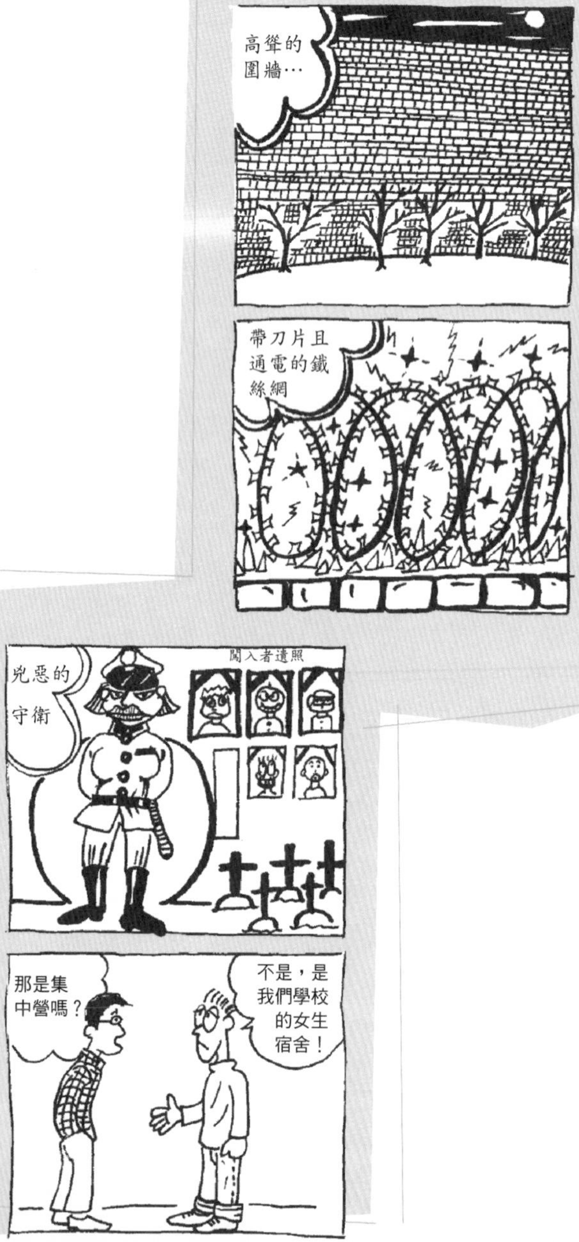

女舍裡的獎金

有一陣子，我一些住女舍的女同學常常盯著我看。然後一副笑得很諂媚的樣子。讓人有一種不寒而慄的感覺。我覺得有時她們笑起來比哭還難看。但卻不知怎樣開口告訴她們。正當我在左右爲難的時候，終於有一天，有一個美眉跑來問我有沒有興趣來一趟快樂的「女生宿舍一夜遊」。

「女生宿舍一夜遊」！？咦！這是學校新的噱頭嗎？我當時一聽喜上眉梢，難道說是女舍最近鬧窮，窮到要開放女舍增闢一條觀光路線給人參觀，藉此增加一些額外的收入。結果原來她們是想拉我去觀光。

但是她們說：「不對，不對。我們是要你偷偷『爬』進女舍裡。」還說會暗中接應我。我想我當時不是單戀戀瘋了頭，就是心地太過純潔善良，竟然不疑有他，還開始認眞的在心中盤算：如果我能到女舍裡，我要幹什麼。我想了又想，其實我最想知道的，還是那位我暗戀已久的長髮美眉，到底是住在女舍的哪一個角落？以及她住的地方長得是什麼樣子。我還很想知道她每天要走哪一座樓梯，從哪一個大門進出，出去時會經過女舍哪些地方，沿途景致如何，如果可能，我還想要偷折一片離她窗口最近的一片樹葉回去當書籤。哇！哇！那不是很浪漫嗎？但幸好野獸般的本能告訴我：「不對！不對！其中必定有詐」。

果然不久，我聽到女舍內部傳來的消息，意思好像是：只要在女舍中發現任何「不明非雌性動物」（公狼狗除外），一經查證屬實並尋獲其人者（不論生死），一律發給檢舉人獎金五萬元。哇哩ㄌㄟ！難怪那位美眉一邊遊說我，還一邊對我「銀」笑，眼睛還一邊「噹！」的一聲發出一道金錢色的閃光。最毒果然是婦人心，竟然爲了賺五萬塊的獎金，動到「葛格」的頭上來了。還好我沒上當，否則看到一群女生拿著桃花棍衝來時，還以爲女舍又在進行女舍例行的安全訓練。

所以想想，要進女舍內部參觀，還是循「康莊大道」比較有保障。

康莊大道：到女舍當猛男

每年寒暑假女舍搬家時，就會有一些你認識卻不熟識的美眉打電話給你，問你要不要到女舍來幫她們搬家，代價是請你吃一頓。開玩笑！吃一頓！這是我等大學男之「年度大戲」。我還要讓妳吃一斤ㄌㄟ！

於是那一個禮拜，就趕快做一些到女舍搬家的事前準備工作。比方說上街買件帥帥的衣服！理個漂漂的頭髮！買一瓶「噴的肌樂」或一盒貼的撒隆巴斯。以及預約下個禮拜榮總的復健科或別墅轉角那間跌打損傷的師父。上陣的那天晚上，還要告誡自己不要太衝動興奮而做出「不該做的事」，以免屆時手軟腳軟。

女舍搬家

那天的女舍門口前，總是擠滿了兩種搬家工具。

第一種就是大排長龍的各式車輛。從雙門的「法拉力」到八輪「拖拉股」都有，大排長龍一直排到一百公尺外的星光草坪。簡直就是女舍

年度車展。另一種就是像我們這種不要錢又年輕力壯的猛男、挑夫、苦力、外勞、奴隸、男傭、搬寶等，隨便你怎麼叫都行。大家抱著各種不同的目的，歡喜快樂的到女舍幫忙女生打包、裝箱、搬運。爲了表現自己是「校園猛男」，有的還一邊背送超出自己體重的貨物，還一邊大呼：「吼！妳的行李怎麼這麼輕啊。」一些不知人間疾苦的小美眉聽到了，就說：「眞的喔！好棒喔！你好強壯喔！來，這邊還有一箱，我再疊上去。」「……」

想當年我曾在一個早上連續趕了兩場。下午還插花加了一ㄊㄨㄚ，一路上遇到許多同學，大家都快樂又痛苦的在那兒掙扎地撐著。當時狹路相逢，相視苦笑，雖然肉體受盡了折磨，但是精神上卻得到了滿足。

看到了傳說中的女舍，雖然發現水溝的水不是粉紅色的，走廊上也沒有粉脂味，萬國旗也沒想像的多，女生穿的也沒有很「涼爽」（倒是自習室裡的垃圾桶跟男舍的一樣，溢出來的垃圾沒有人去管）。雖然如此，但一想到自己看過的東西，走過的地方，都曾是我那位可愛的小公主每天經過、看過，甚至碰過的事物，那種甜蜜的滿足感，使得做苦力時受盡的痛苦，回去後的抽筋背痛，也不再那麼重要了。心中暗暗的告訴自己，明年有機會，我還要再去女舍搬家。

最後，我不禁要說：「女舍！其實並不是一個很神秘的地方，但卻是一個很神奇的地方。」

嗄？甚麼？想要看女生宿舍嗎？先去鍛鍊你的身體吧！

女舍門前

女舍門前，總是會流傳著許多故事和笑話……

記得在七年前的某一個秋天的晚上，我跟我朋友阿風，生平第一次晚上出現在本校女生宿舍門前。當時我是送宵夜給我那素未謀面的學伴。阿風比較慘，他是送花給那位素未謀面且心儀已久的學友。

才快接近女舍，就看到川流不息的人潮。有男有女：有的隅隅獨行，有的成雙成對；或牽或抱，或依或靠，緩緩地徘徊在路上。我倆被這種假象所蒙蔽，一時之間心花怒放，心頭小鹿亂撞。一想到自己將來也會成爲其中的一員（年輕人，太自信了）。心中就不禁暗爽，並加快腳步，晃頭晃腦穿過圓型拱門，走到管理室前，畢恭畢敬的跟門衛大媽報告學伴的寢室號碼，請她叫人外找（好像跟探監一樣，後來女同學也常常說，住女舍有點像在住監獄）。然後我倆則用一種裝嚴肅穆的心情，擺出一副自認極爲瀟灑的姿態，緊張地站在在那兒等待學伴的出現。

「哇靠！不愧是女舍……」阿風站在那兒輕聲歡呼：「好多女生喔！」「廢話，女舍當然女生多啊！」但是，說真的，本人還是第一次看到那麼多青春「美」少女群聚在一起。各種不同的女生，有高有矮，有胖有瘦，五花八門，千奇百怪，似乎全都聚在這兒。

於是，我們兩個土包子似乎忘了此行的目的。開始大肆評論起往來的「煎夫吟婦」，一下嫌這個男的像「俗仔」，一下又說那個女的很像「蕩婦」。阿風還說，下次他要帶照像機來，因爲他發現原來這兒有這麼多精采畫面。尤其他注意到女舍對面那塊草坪上，似乎有很多「可疑的黑影」在晃動。所以明天他一定要來那兒「觀察」個究竟。

天啊！
真是不敢
相信我們
竟然要分開
了……。
答應我，我不
在的時候妳一定
要好好照顧自己。
你也是
喂！時間
到了。
記得要打電話
給我，還有，
別忘了我們之
間的約定
我會的
darling
喂！夠了
！不要太
誇張啦
明天見
女生宿舍
同學，十一
點要關門了
…。

我則發現有一個女同學貼在女小福的牆壁上講電話。與其說是講電話，不如說是「笑」電話。因爲她一直對著電話筒笑，瞧她一會兒痴笑，一會兒傻笑，一會大笑，一會兒又「吟」笑，還三不五時就親兩下電話筒。但就是沒看到她說半句話。還有一個男生，站在女舍牆外面對女舍裡面唱歌。大概是唱得太難聽了，所以不久出來一個女生「啪」的一聲，賞他一巴掌。我覺得在女舍門前的男女腦筋似乎有問題。但是一時又說不上來哪兒不對勁。

大概是我們輕佻的態度觸怒了「女舍女神」吧！所以當阿風的學伴叫他的名字時，他回頭一看！臉色馬上開始扭曲變形……接著不久，我學伴也出現了……當我看到她時，我發現淚水忽然從我雙眼奪眶而出。但她們一看到我們卻春風滿面，喜形於色，得意自在：「呵呵！瞧！多麼豐盛的宵夜啊！」「哇哈哈！多美麗的花束啊！」

！@＃%&$……

送走了學伴，我倆大學男斜靠在女舍門前的樹下摀著胸口，大聲喘氣。發現女舍門前的「驚悚片」還眞是有夠恐怖。話雖如此，兩眼卻盯著過往的女生和情侶看。心中不斷的吶喊著：「天啊！要何年何月，才能在女舍門前度過幸福快樂的大學生活呢？」

「女舍女神」一定又聽到我們純眞的野性吶喊，看在我們年幼無知的份上，不跟我們計較前嫌，幫助我倆達成了願望。

於是整個四年大學生活，我倆不斷的往來女舍門前，送宵夜、帶補品、搬行李、獻花束及運送任何民生必需品……給學伴、學友、學妹、學婆……。沒錯！助人爲快樂之本。當時我們看起來，確實是又幸福又快樂。

！@＃$％＃！**

只要ALL PASS
不要ALL趴

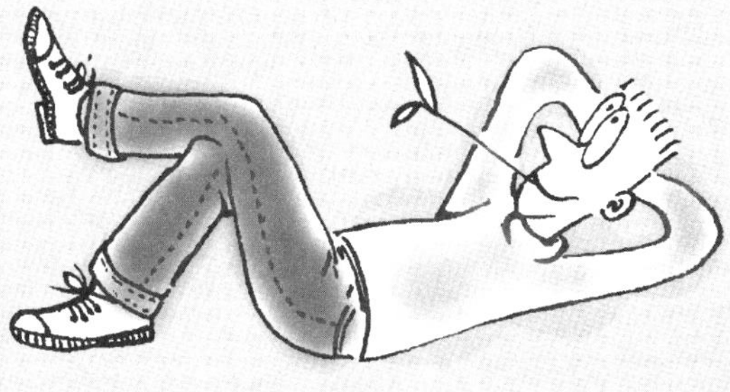

共必修：「翹課」

我最喜歡
英文課
我喜歡
軍訓課
我喜歡
歷史課
我最喜歡
蹺課

開學前幾天，我興沖沖的拿著選課單，跑去問一位大學學長：「學長，你覺得我應該先修那一堂課呢？」沒想到他老兄轉頭過來，拍拍我的肩膀，很正經的告訴我：「學弟，你可能先修『翹課』這堂課喔！」

他說的沒錯，大學裡有一堂「共必修」的課，就叫做「翹課」。「翹課」這堂課不算學分，修太多還會會被死當。但奇怪的是，幾乎每個大學生都卯起命來拚命修，好像這輩子從來不認識這堂課似的。有的人每個禮拜必修個一兩堂，有些大學生每星期要上個五、六堂才過癮！我有一個同學整個月都在上這堂課……

修這種課的學生，往往神龍見首不見尾，來無影，去無蹤。但不知從哪兒得到的消息，他們就是能在該出現的時候出現在座位上（比方說突擊小考，或是教授點名時）。我常常懷疑，這些傢伙上輩子是不是間諜。

修這種課的理由很多，最常見的是，牽拖「叫獸」唱的主題曲很難聽，動不動就變成具有催眠效果的背景音樂。與其在課堂上睡覺，還不如回寢室補眠。第二個翹課的理由就是：本大學生今天要在寢室跟周公的兒女聯誼約會。

還有人大聲嘶吼：「余豈好翹哉，余不得已也。」因爲每次我有事時，正好學校都有課。所以……只好由我來放教授的假了！哇咧！這是甚麼跟甚麼理由啊！

但是，憑心而論，以上翹課的理由，都不算是眞正的理由。因爲基本上，翹課根本不需要任何理由！「只要我想翹，有甚麼不可以？」這就是所謂的「欲翹之課，何患無詞！」

但要小心，這種課（翹課）上太多會造成連鎖反應。我曾經聽說某系某班某次不約而同的全班集體大翹課，結果教授來上課看不到自己的學生，只好自己教自己。全班死當！哇！翹課翹到全班死翹翹，眞是「問世間課爲何物？直叫人死也要翹！」

卜睿道人呢？
肚子痛沒來
那梅哲仁，吳紫明又去那裡？
耳朵痛，鼻子癢沒來
那梅庭過、梅菜過、卜晴處又怎麼沒來？
眼睛酸，牙齒痛，頭髮癢沒來。
今天不上課了
請代我向那些病夫致意

如果說，因爲翹課被當，那是天經地義的事，也就認命了，誰叫我幹這種「人神共憤」的鄙事呢？但我曾聽過一個有關翹課的眞實悲慘故事，由於太過悲慘了，所以我用很同情的心情畫下這一則千古「校園奇冤」，紀念那位可憐蟲。

點名是翹課的剋星，可以讓老師對付那些翹課的學生。有些學校，不但要求教授每堂必點，還派工讀生「外點」（站在外面點名），我還知道台南某一所知名大學裡有一位教授，有一次點名點到學生的寢室裡。而當時那位被點到的仁兄正躺在床上呼呼大睡。我想，當他看到教授站在他床邊叫他名字時，可能還以爲自己正在做人生有史以來最恐怖的惡夢（眞是太恐怖了！），從此沒人敢翹他的課，我保證這是眞實故事，絕不蓋你。

沒翹課的同學當然希望老師點名。君不見每次教授一說要點名，那些來上課的同學就含著淚水頻頻頷首，嘴角泛起一絲欣慰的微笑。尤其是那些平常不來上課的，心中更是不斷雀躍歡呼：「哇哈哈！眞是卯喜啊！卯喜啊！」。

事隔多日，仍竊笑不已……嘿嘿嘿……

如果下課之後，遇到那些心虛得縮頭縮尾的翹課同學，那就更爽了。先故意晃到他的面前，然後忽然回頭對他說：「ㄟ！今天老師上課點名耶！」然後閉起眼睛等他慘叫一聲：「眞的喔！有沒有點到我？」聽完後，再搖搖頭，嘆口氣，默默地望著他良久，一臉很抱歉的樣子（其實內心正不斷地在歡呼雀躍）。最後才從嘴裡迸出那五字眞言：「你、被、點、到、了。」再閉上眼睛，聽他慘叫第二聲：「阿嚇！怎麼辦！」喔！那時，眞是大學裡的一大樂事啊！

其實，上大學嘛，輕鬆一下又何妨呢？偶爾翹個小課，遲個小到，無傷大雅嘛！何必那麼嚴肅呢？人家李遠哲博士博士翹課都可以拿到諾貝爾物理獎咧！況且，你難道沒有聽過孔老夫子說過的一句話嗎？

「子曰：大、學、不、翹、課；枉、爲、大學生。」哇！哈哈哈！

大學叫獸

在大學裡，有一群執掌學生「生殺大權」的人，我們統稱他們「大學教授」。大學教授因擅長「仰天嗥叫」，又常幹「唬人」、「點人」、「考人」、「當人」、「砍人」之血腥勾當，讓原本輕鬆愜意、悠閒浪漫的大學生活，蒙上了一層陰影。故被大學生視之爲「頭號天敵」，稱之爲「會叫的野獸」，又名「大學叫獸」。

猶記當年新生入學，一介純情少男的我抱著對大學生活的美麗憧憬，踩著輕快的步伐步入教室，特別選一個風景幽雅的座位坐下。想要一品在學術殿堂上課的滋味，沒想到椅子還沒坐熱就被一隻兇惡的

「叫獸」相中，點我站起來解釋「邏輯學的問題」。哇咧當時我才從塡鴨聯考中解放出來，三民主義的偉大理想言猶在耳，哪裡會知道甚麼邏輯不邏輯的問題，所以只好胡扯一通。教授以爲本人是來這裡亂的，從此對我「另眼相看」（每堂課都會叫我起立發言），害我對上他的課視爲畏途，埋下日後在大學生涯中瘋狂蹺課的種子。

我還從那個時候起，深深體會在大學裡要「選人不選黨」的名言。所以每到選課的日子，不論我前一天晚上打了多晚的電動，或打了多少圈的麻雀，還是打了多少槍的手⋯（對不起，這個要消音），我都要拼死早起排隊選課，以免誤了終身大事。

就像陳水扁總統的一句口頭禪：「數情有這麼嚴重嗎？」但是一想到大二上學期因爲懶了點，只差一步沒選中那堂「夢幻統計學」，害林北整整受苦一個學期，就恨恨的不能原諒自己。所以這種事情當然很嚴重。現在我寧願用一次早起的犧牲，換取一個學期的幸福，值得！眞是太值得了！

你都怎麼選課
「不」選第一節的課
「不」選星期六的課
哦？那能選什麼課啊……
「不」選教授會點名的課
無聊…不好笑
嘿…
「不」知道，嘻……

「大鋼刀」與「大補丸」

讀過大學的人一定都身有同感！在大學上課，最怕遇到那些「治學嚴謹」、「教學認眞」卻很龜毛兼機車的教授。這類會「叫」的野「獸」，滿臉殺氣騰騰。他們痛恨打混、討厭蹺課，長以「研究教學爲己任，視同學死生於度外」。在他們周遭，五里不聞狗吠，十里不見鳥飛。上他們的課，可說是如入虎山，如履薄冰。因爲隨時隨地都有被當掉重修的危險，故通常我們稱這種教授男的爲「殺手」，女的叫「蕩（當）婦」。統稱爲「大刀型教授」。

更不幸的是，這些大刀級的「殺手」、「蕩婦」們通常都執掌許多重要難念的必修課。所謂的必修課，就是不能不修的課。如果必修課又遇到這些叫獸，那必修課就眞的就是「必休克」了。一個學期念下來，往往許多同學因「休克」而導致「死亡」。全班傷亡慘重，哀鴻遍野，聞者沾襟。

相較於殺手、蕩婦，就會有所謂的「大補丸」跟「營養品」級的教授，這些補藥，喔！對不起，是這些教授，因爲沒有殺氣，遠遠望去，就有一股慈祥安和之氣在他們的臉上。所以偶爾還有一兩隻鳥兒、圍繞在他們身邊。修到他們的課，就如同吃了補品一般，能夠治病強身，滋陰補陽，打通七經八脈，增加十年的功力，眞是快樂得不得了。所以每次選課時，這類系上票選最受歡迎教授的課，就成爲大家搶手的目標。爲了要吃到這些大補丸或營養品，許多大學生「寧願用一個晚上的犧牲，換取一個學期的幸福」。像我現在，就正在追求我未來的幸福。

「殺手」輓歌

話說那又是一個悲情的選課日。大伙兒爲了能選到「營養學分」，清晨三、四點，頂著寒風，在系辦前排隊。遠遠望去，車水馬龍人聲鼎沸，恍如一群等救濟品的難民。排隊的當兒，大家閒閒沒事幹，便開始聊一些「易經」裡的東西，比方說「八卦」。話題不出系上教授的緋聞軼事、仁德暴政，或自己的悲慘遭遇。

前面那個漂漂學妹，就娓娓的訴說她的故事給陪他一起排隊的學長和朋友聽，當時他們的對話大約如下：

學妹（滿腹委屈）：「……那個死教授，當時人家只不過翹了兩三次課，偶爾遲到幾次，報告晚交幾天。教授就撂下狠話，警告我要小心一點……」

學長（立刻搶著說）：「馬的無聊！大學生偶爾翹蹺課，遲遲到又怎樣？還撂話要學生『小心一點』幹嘛！他是黑手黨老大嗎？」然後又輕聲憐惜的問：「那傢伙最後為什麼當掉妳？」

學妹（理直氣壯）：「期末考那天人家記錯日期了，後來打電話到他家求情，那個爛人都不讓人家補考……」

學長（義憤填膺）：「哇咧！妳也太……啊不是！哇咧！那個教授也太沒人性了吧……難怪大學教育這麼失敗……」

「都是那個教授啦，害我今天要來這裡。」看起來那個學妹越講越不爽，越講越氣，她忽然轉頭對他說：「學長，你幫我做一件事！」

學長（滿臉呆滯……）：「甚……麼……事？」

「幫我打電話給那個教授……」學妹說。

學長（完全搞不清楚她在說甚麼）：「啊……嗄……？？！！」遲

疑三秒鐘後他才問：「……幹嘛？現在才早上四點ㄟ……」

「四點才好啊！」她說：「ㄟ！你到底要不要幫我打啦？」

「好，打，我打，我打，」學長急著掏出電話卡還一邊說：「但妳要我說什麼？妳現在求他讓妳過已經太晚了……」

「誰要再去求他啊……我才不屑咧！」她忿忿的說，然後對著學長耳邊說了幾句話：「……」

我看那可憐的傢伙聽完之後滿臉驚恐，臉上立刻出現十條黑氣，他用哀求的眼神望著學妹，好像在說：「求妳別叫我幹這種事……」但是學妹雙手環抱胸前，瞠大銅鈴般的眼睛瞪著他，嘴巴兇狠的比出：「趕，快，去，給，我，打！」的嘴型。

那天清晨天氣特冷，我看他猶豫了一下，嘆出一口長長的霧氣，移動著瘦小的身軀，委屈的朝公共電話走去，旁邊的同學立刻湊上前去問那個學妹，ㄟ！妳到底要他打電話幹嘛？

威脅他嗎？

裝鬼嚇他嗎？

「沒啦！幹嘛那麼無聊，」學妹氣定神閒，一個字一個字的說：「我只是要叫他起床尿尿而已！」

這麼冷的夜晚打電話把教授挖起來尿尿！

ㄟ！ㄟ！ㄟ！這不只是無聊而已吧！

這個主意還眞是滿「下流」的。

那天清晨四點多，在某間大學裡，有幾個排隊選課的大學生，蹲在地上一直笑到差點變肖ㄟ。

大學生與讀書

有人說，讀書是學生神聖的天職！

這句話說的一點也沒錯。所以很多大學生一聽到「不用上課」這四個字，情緒就立刻變得格外的激動。

學校晚上忽然停電
那邊慘叫的是電腦教室的同學……
打的資料全完蛋了
耶！好耶！
回家！
萬歲！
那邊歡笑的是夜間部的同學

各位同學，跟你們報告一個好消息跟一個壞消息
好消息是林大刀明天起請假一個月……
壞消息是這個月每節他的課都要考試…啊！

此外，根據我實地觀察的結果，在大學裡想要把書念好，眞的不是一件容易的事。除了要有主動積極的讀書態度，更要有正確有效的讀書方法。

在圖書館裡睡覺
在速食店讀書
在課堂上寫信

奇怪的讀書方式，
是正常的大學生活。
唔…歹勢啊！

所以，在大學裡要把書念好，可不是想像中那麼簡單的一件事。剛剛到大學的時候，還搞不清楚狀況，以爲上了大學之後，讀書是一件輕而易舉的事，隨便混一混就可以混過去。

以本人的經驗。想在大學這個學問的殿堂裡學到一些東西，就非得花費數倍於以前的心力在學問的追求上。

大學生一個學期至少會有二十二個學分的課程要念。但是這並不表示，每週上二十多個小時的課，就能得到知識和學問。根據報導指出，每個學分，意味著大學生起碼要花一個半小時的時間來做課程的預習和複習。這樣算來，二十二個學分，每星期就要花三十三個小時來做課前或是課後相關教材的預習和研讀囉。再分攤一下，平均每天要讀四個半小時的書才行耶。

哇！要讀這麼多啊！不知道能不能少一點？

偶素大學生，偶愛「讀書」

有人說，現在的大學生越來越不愛唸書了。如果你在大學裡每天都不停的念書的話，恐怕人家會把你當成外星人看待。

喂！是沒看過大學生讀書嗎？

根據一項統計調查也這樣顯示，大學裡，有百分之六十左右的大學生，每天念書的時間不會超過一個小時（除期中期末考那幾天之外）。但我一個資訊系的同學就很不認同這種說法。他說在這個「終身學習」的多元化社會裡，他質疑什麼才叫做「念書」。

像他自己，雖然一天到晚面對電腦打game。

但據他表示，他從玩game的過程裡，領悟出許多程式邏輯的道理和增加對寫程式的興趣能力。用電腦來做網路瀏覽，吸收各種無遠弗界的知識，寓教於樂，比讀書還有用。所以他認爲他每天坐在電腦前「娛樂」，其實根本就是在「讀書」（眞的假的？都是他的話，誰也搞不清楚）。

嗯！如果這樣說得通的話，那看小說算不算是讀書呢？乖乖！如果你說不是，搞不好很多念中文系的同學會抗議。他們認爲，許多小說描寫人生，刻畫人性，反映社會，具有很高的文學和學術價值。甚至是教授課堂上的指定讀物。所以讀小說怎能說不算是讀書呢？

好吧，如果說讀小說算是讀書，那我們也沒有理由說看漫畫不算是讀書囉。另外，我一個社會系的同學，一天到晚看八卦雜誌、小道報紙，像某某報導、XX獨家、XX頭條。他說社會很多文章，報導眞實黑暗的社會新聞，極具學術研究的參考價值。我看他一天起碼花兩個小時在閱讀這種文章上面。我想，你也不應該算他沒讀書吧！那這樣的話，看電視、看電影、看MTV、看錄影帶呢？我們也不應該失之偏頗吧！同樣應該將它們列爲「讀書」！因爲它們同樣都有教育功能和學術價值。那我敢保證，我國的大學生每天花在讀這些「書」上的時間，絕對僅次於睡覺。

由此看來，台灣的大學生還是很愛讀書嘛！

我昨天讀到兩點
我讀到五點。
最近讀書讀通宵
我也是
唔…令人感動！中華民國有希望
教授！你有沒有問他們是讀哪一種書？
據統計，大學生出社會有一半學非所用
哈！你現在正讀一些將來用不到的東西
呼！幸好
那有什麼幸好的
當然幸好！不然那些怎麼也讀不懂的東西，將來出社會還真的不知道要怎麼用哩！

我的怪ㄎㄚ學妹

很早以前就聽說我們系上有這麼一個「頭殼壞去」的怪ㄎㄚ，據說這隻怪ㄎㄚ還是母的。只是我一直不知道她叫甚麼名字，更不知道她爲什麼是「怪ㄎㄚ」。

直到有一次同學阿釧跟我說要我小心一點，因爲那個跟我一起編「社會系簡訊」的學妹正是傳說中的怪ㄎㄚ。我一聽不禁怒火攻心，悲憤之情不可遏抑。

我大聲對他嘶吼著，這哪有可能，她跟我編「社會系簡訊」編得好好的，怎麼可能是「怪ㄎㄚ」呢。阿釧不急不徐低著頭在我耳邊說：「妳知道嗎？她室友是我學妹，告訴我說她從前年新生入學開始，一直到現在大二，每天都會到圖書館二樓念到晚上閉館才回宿舍。你說不是怪ㄎㄚ是甚麼？」

一時之間，我對阿釧的歷歷指證無言以對……

但在我心深處，仍然不肯相信這是眞的。於是當天晚上，我抱著忐忑不安的心情來到圖書館二樓，想看看學妹到底是不是傳說中的那個…

……當我從二樓樓梯口走上來時，熊熊間，我不禁熱淚盈眶，我心中大聲嘶吼著，學妹！妳眞的頭殼壞去了……無聊學長陪妳就是了，爲什麼要變成這種「super怪ㄎㄚ」。

因爲我看到學妹不但如傳說中的坐在那兒念書，而且還在念理學院的《基礎物理》。我又瞥見她桌子上堆滿許多大部頭的參考書，這不只怪而已，而且還瘋了。可憐的孩子，肯定是大學生活無聊到變神經病，於是我走近她身邊，用充滿哀憐的眼神默默的望著她。

學妹抬起頭來看看我，滿臉恐懼的說：「學長，你的眼神為什麼那麼變態啊？」

我搖頭嘆息，心中暗暗告訴自己，我……我身為她的學長，有義務讓學妹瞭解甚麼才是真正的「大學生活」。於是只要我一有時間，就會踱到二樓她固定的位置去找她聊天，以學長的身份傳達許多「正確」的思想給她，告訴她我今天如何度過「精采燦爛」（但是想想卻荒蕪空虛）的大學生活。學妹似乎也對我的大學生活深感興趣，常常一邊聆聽一邊傻笑，但總是在最後一刻，又把頭低下去看書，進入那片無止境的知識天地裡。

在一次閒聊中，我告訴她，系上很多人都說她是「怪ㄎㄚ」：在大學裡一天到晚只會念書，而且社會組竟然去修物理系的課。她聽了先是低頭默默不語，我想她大概早已經聽說了吧。然後她又抬頭笑笑，說因為她超喜歡讀書的，尤其是物理，高中本來想去念「自然組」，但是因為她老爸硬拗她讀社會組，所以她只好放棄念理工的打算。現在上了大學，她終於可以一圓她的夢想——選修她最愛的物理課。她還得意的跟我炫說，她的物理教授對她頗為讚賞呢。

我望著她得意的眼神，心中有一個疑惑，爲什麼要這樣無時無刻抱著書，搶命似的猛k呢？學妹妳才大二ㄟ，還有許多時間，爲什麼不趁這段時間好好享受大學生活呢？有時望著她讀書時專注迫切的眼神，總覺得她很匆匆，急迫地想抓緊時間完成些甚麼，是什麼事讓她如此急迫？我不知道……。

那年暑假，肯定是全球溫室效應搞得天氣特熱。七月中旬一個炎熱的晚上，我趴在沙發上看寫眞集，突然接到我學妹的姊姊打來的電話，她在電話裡跟我一個字一個字的說：我妹妹五天前因癌症去世了。

癌症去世？！馬的我當時一聽怒火中燒，悲憤之情不可遏抑。我對著電話大聲嘶吼，妳去死吧！我幾個禮拜前還看她好好的，怎麼會去世呢？還有，我最討厭人家開這種宇宙超級無聊的爛玩笑了。

我現在已經記不太得那個晚上是怎樣度過的。說眞的，我也不記得在學妹的告別式裡，眼淚是不是一直流個不停。但我記得，那年夏天突然變得好冷。一個很亮麗的生命，一位很愛念書的大學女生，在雙十年華，就這麼走了。

好快……好短暫…………

大四上那年，我決定加修幾門社工系的課，晚上還跑去T大樓旁聽熊老師的「社會學」，於是這次換我被說成是「怪ㄎㄚ」了。我自己也不清楚，這是因爲學妹才做出的改變。還是我自己想好好利用剩下的寶貴大學時光。我只知道，生命眞的是很匆匆……。

雖然，我早已知道她不在那兒了，但有時候經過圖書館時，我還是會溜到以前她讀書的座位旁晃一下。我一直安慰自己，其實她只不過是轉去一所「上帝爲她預備的大學」修課而已。在那裡，每個大學生都孜孜不倦，用功讀書；在那裡，再也不會有人去圖書館讀書讀到關門，或跑到物理系修課，而被笑成是頭殼壞去的「怪ㄎㄚ」。

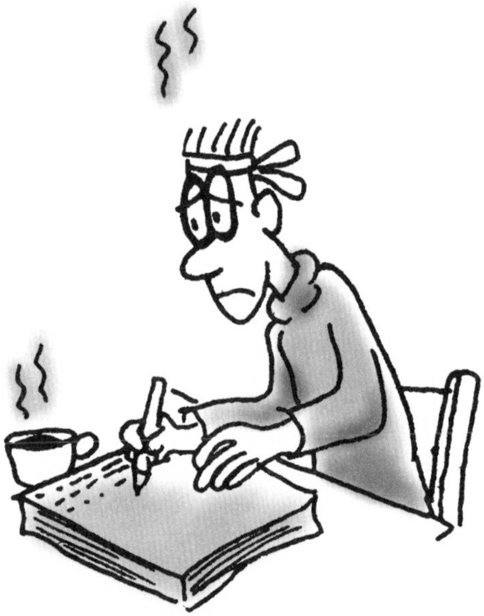

我要 我要… 我要談戀愛

大學生聯誼

我一位讀工工（工業工程系）的同學，曾經這樣語重心長的跟我說：沒有聯誼的日子，大學生活是黑白的。他說的一點都沒錯，很多大學生的幸福，真的就靠它了。

但一提到聯誼，就使我回憶起那段年少青澀，情竇初開，「慘烈悲壯」的大學求偶歲月。現在想想，仍會很想哭，很想笑，還很想叫！

想當初，大家甫自和尚學校解放出來，雖然早已聽聞許多傳說中的校園愛情故事，但那都不是自己演的，所以不過是套一句臺灣俗語：「人家在吃包仔，你在旁邊喊熱。」而且有的時候喊得一身大汗，還不知道到底他吃的是肉包還是素包。

總而言之，感覺很不真實，又缺乏互動性。但現在終於有機會自己來好好品嘗一下包子的香味，由自己主演一部「大學愛情故事」，怎麼會讓人不興奮得磨拳擦掌，流露出欣慰的笑容呢？

但是剛進大學的光頭菜鳥，學姐嫌你太小（年紀太小），同學和學伴又笑你太短（頭髮太短）。哪裡會是那些有頭毛學長的對手。君又不見學弟首則第一條就是：「如有新進學妹，靠邊涼快；不得有爭先恐後，妨礙學長之行為。」

眼看著自己意屬的美眉，一個一個淪陷在學長的手中，我們這群又饑又渴的禿鷹，只好開始自立救濟到外面覓食，以免餓死在家裡。

而自力救濟唯一的方法，就是「自辦聯誼」。

記得那天公關千呼萬喚地拿著一疊「待宰羔羊」，啊！不是，是學伴的名單出來時，一群雄性猛獸的野性嚎聲，立刻從某間寢室裡悠遠的傳了出來。

我拿到聯誼
名單了
嗚～
嗚～
某大學的女生宿舍裡
名單中的女生
奇怪！我眼皮一直在跳
我有種不祥的預感！
我背後覺得涼涼的

接著一群失去理智人性的男人，如餓狼撲羊般地開始爭食名單中的女孩，在沒有任何依據之下，大家只好憑著說文解字來判定她的外表。

於是，首先大家先搶名字有「曉」或「小」字的女孩。因爲那感覺跟「大……象」、「大……恐龍」、「大……金剛」最沒關係。搶完「小」女生之後，接著就開始搶風姿婥「雅」（雅字輩）、「婷」婷玉立（婷字輩）的女生，而「文」「靜」清秀（文字輩，靜字輩）、「純」潔可愛（純字輩）的女生也很受歡迎，可能是因爲聽起來比較好騙吧！至於那些名字有春啦嬌啦，或是枝啦娥啦，一聽就讓人想起那些在菜市仔插了滿頭玉蘭花，兩片擦了口紅的嘴唇右下角還長一顆黑痣的三八阿花。大家則全部棄之如涕唾，事後想想，那眞是我們在大學中所犯下最

大的錯誤之一。

一場見色忘友，無情無義，同室操戈，兄弟鬩牆的「水肥之戰」，喔對不起！打錯字了，是「肥水」之戰結束後，此時，每個人都已經搶到自以爲滿意的水肥，對不起又打錯了，是肥水。當那一張薄薄的「學伴名單」由公關顫抖的手中（那時他發誓說再也不幹公關了）。遞到我手上時，那份震撼與感動絕非筆墨所能形容。所謂「一卷在手，希望無窮」，眼看著自己終於可以脫離單身生活，談一場轟轟烈烈的大學之戀，內心就不禁湧起了無限的遐思與興奮。

學伴名單

寢室聯誼

話說自從大伙拿到學伴名單後，接下來那幾個禮拜。我們就拼命幹著：「打電話」、「騙學伴出來見面」，然後「被恐龍猛獸追咬」的重複動作。每間寢室傷亡慘重，整天哀嚎聲不絕於耳。

公關阿震看到這種「人為猛獸，我為魚肉」的慘狀，深感如不維新圖強，不足以救亡圖存。與其逐一被敵人攻陷，不如奮起抵抗，並聯合各寢「又餓」「又渴」「又沒有美眉要」之大學男，團結一致；化零為整；主動出擊；共禦外侮。為大家後半輩子的幸福一起打拼。因此首創「聯誼革命軍」，特命名為：「寢聯特攻隊！」振臂一呼，風起雲湧，四海響應，參與人數空前熱烈，除了發起人阿震一人外，還有被恐嚇挾持、威脅利誘而含淚被迫加入的阿壯、阿肯、Q毛，及在下我，共計五人，俗稱老虎五隻（其實是五隻快要餓死的病貓啦）。

寢聯特攻隊

「寢聯特攻隊」成軍之後，五隻病貓就由阿震領軍，南征北討，四處找尋目標，皇天不負苦心人，終於被我們找到一組犧牲品。那天，第一次寢聯，大家心情都特別亢奮。

爲了做好心理準備，我們決定派出阿壯當我們的斥候軍去察探一下對方軍情。這顯然是極不人道的作風，但是有道是情場如戰場，知己知彼，百戰百勝。雖然，在愛情的領域中，我們早就被警告，不可輕易傷害別人的感情，但吾人在多次的摧殘下，更不會忘卻，以正確的方法保護自己純潔初戀的心靈不輕易受猛獸的傷害，也是極爲重要的。

不久阿壯回來，大家緊張的一語不發，等他報告軍情，只見他緩緩的嘆了一口氣，搖搖頭。此時大家心理已經涼了半截。難道世界是這樣的殘酷?好男人總是無法出頭!還是公關阿震比較鎮定，抬手示意要大家安靜，等他把話講完。只見他對著阿震，口中緩緩的迸出幾個字：「她，們，人，還，沒，到……。」

此刻一片不爽的寂寥……

阿震先用一種很落寞的眼神凝視著遠方好一會兒，然後才慢慢的轉過頭來問他說：「同學，請問人還沒到你回來幹嘛呢?」

「我怕大家等得不耐煩嘛。」阿壯囁嚅的說。

「呵呵!」阿震溫柔地笑著說：「不錯哦!你很瞭解我們大家現在的心情!」然後他突然大吼一聲：「還不趕快給我滾回去!」

看來其實阿震比誰都還緊張。阿壯在大家的咒罵聲中，又再滾回去當一次間諜。不久回來時，我看阿壯笑容滿面，後面跟了幾個還不錯的女生。眞是害大家虛驚一場。

一看到漂漂的美眉，大伙兒的腦筋都變得聰明又邪惡起來了。自我介紹後，各種卑鄙無恥下流齷齪的點子紛紛出籠。

成人遊戲

Q毛首先提議要玩一些好玩的遊戲，他說「相親相愛」是一個不錯的選擇。這個遊戲玩法很簡單，就是男女混合分成兩組，比賽用臉跟臉夾東西，看哪一組在最短的時間裡，可以夾最多的東西。

這是什麼跟什麼嘛，根本就是變相接吻。兩個人用臉夾著一個小得不能再小東西送來送去，有時快掉了，乾脆兩人就用嘴巴銜著。上面沾滿了淫笑時流出來的口水，喂！據說那種病的藥還沒出來ㄌㄟ！但這個遊戲確實讓我們大家稍微止了一下飢渴。

哇！我愛死你了

哇！我愛死你……的吉它了

可是被撩起的獸性，豈是這樣就能止息的。在意猶未盡的情況下，阿壯接著推出「毛手毛腳」這個節目。挖哩ㄌㄟ！毛手毛腳，光是聽到名字，就足夠讓人想入非非了，沒想到竟是由貌似老實忠厚的阿壯想出來的。眞的是「人心難測水難量」啊！所謂的披著「豬皮的狼」，大概就是指這個悶騷的傢伙吧。

但幹得好！阿壯！大家托你這個遊戲的福，盡可能的把平常壓抑在心中狂野的一面都一股腦的發洩出來。想做就去做！想吃的就盡量吃！能叉到的就盡量去叉！此時，「禮義廉恥」的校訓，只剩下「義」跟「廉」淒涼的在寒風中啜泣著……。

一場激戰結束之後，大夥兒已感到酒足飯飽。男生們各個笑容滿面，Q毛還興奮地不斷學狼高聲嚎叫。我想女生們一定也玩得很快樂吧！

因爲她們剛才的驚呼與尖叫聲是這樣的聳動嚇人。但是可能是玩得太累了！所以女生們各個都一語不發。其中一個穿白衣服的小女生臉色還有些發白。我眞希望她不是生病了。

這般這般……
哈……呵
黃色笑話
…………
…………
忍無可忍！
停！夠了！
不要再說了！
自討沒趣
唉～
無聊！
她是我所見過
最保守的大學
女生
真遜！那是我
聽過最不黃
的黃色笑話
……
不黃還敢
說給我聽
……

說文解字

我們英明的隊長，偉大的導師阿震說。爲了平衡剛剛那場激情放蕩的活動，所以他決定推出一個比較高雅又需要智慧的遊戲，這樣才符合我們這些高尙大學生的身份。遊戲叫做「說文解字」。比賽方式爲，各組每人輪流出來，用肢體語言來告訴組員主持人給的字串，看哪組猜對的最多，哪組就得勝。靠！這果然需要高超的腦力與豐富的想像力。

第一組是以Q毛爲主導的小隊，他們先派剛剛那個臉色有點發白的小女生當前鋒，當那小女生看完字之後，她的臉色似乎變得更蒼白了。我猜她一定是遇到一個很難的字串，只見她呆呆的站在那裡動也不動，大伙也痴痴的望著她。過了好久，她開始緊咬著下唇不放，好像很委屈的樣子。我猜是因爲她沒辦法完成任務吧！正當她像要哭出來的時候，阿震大喊：「時間到！」

並且公布答案，答案是「交配」！

「……」

「交配！？」

「嗯！……」沒想到阿震也不是個好東西。難道我們這些大學生都是這樣邪惡悶騷嗎？這時女方代表走出隊伍，跟阿震說了一些話，於是我們把所有的「怪字」全都換掉了。雖然大家有點失望，但是沒關係，

我們這五隻大老虎，仍然用盡各種「淫穢曖昧」、「粗鄙下流」的動作，出賣色相，來解釋這些「正常」的字串，以達到最高的娛樂效果，希望讓這些遠道而來的大學女生們能夠盡興。台下觀眾「每個」都笑翻了，尤其我們男生笑得最開心。我看阿壯笑得嘴巴都快歪了。Q毛笑到咳得都快要咳死了。但女生爲了要在我們男生面前含蓄矜持，所以反應並不是很熱烈。她們只用眼睛斜斜的看著我們的表演，臉上的肌肉偶爾稍微抽搐了幾下。其實這點我們可以瞭解。但我們都相信，在她們內心深處一定充滿了無比的喜悅和狂野的興奮吧！

聯誼尾聲

遊戲就在愉快的氣氛下，圓滿的結束了。本來我們還要邀她們到古堡探險，但是女生說她們很累了，想早點回去休息。尤其是那個白衣女生，我看她眞的快不行了。離開之前，我們相約下次再見，因爲這次實在玩得太愉快了。

讓我來說一個超級黃色笑話
你敢
不行
好兇好害怕
喂！Q毛不要啦！不要……
唉！既然連阿肯都說不要，我就不說了……
死阿肯！等一下找你算帳！
那還差不多
哼！才不要讓你吃我們的豆腐哩……
喂！你為什麼叫我不要說
哼！不給面子……
我是叫你，不要管他們趕快說……

事後我們一直打電話，寫信跟她們聯絡，但都沒有回音。輾轉得知那個小女生在聯誼不久之後因故轉學（我們猜她一定是身體不好的關係，轉學到家裡附近）。但是有一點很奇怪，之後我們邀她們同校的同學出來聯誼，沒有人要跟我們出來聯誼。唉！女生眞是太文靜了。

Anyway，我一直相信，那次聯誼，在她們的大學生涯中，一定給她們留下無法抹滅的深刻印象。畢竟，那是我們「寢聯特攻隊」最成功也最快樂的一次大學聯誼。

第一次約會

那是我第一次約學伴出來見面。事前在電話裡熱情邀約不說，還跟她一直強調「絕對不虛此行，保證值回票價」。連哄帶騙總算把她約出來見面。但當我問她見面時會穿甚麼樣的衣服，她跟我說我不用知道這個，似乎是要給我一個驚喜。於是我們約在學校裡的速食店見面。我點了一杯咖啡，很興奮的邊喝邊幻想我這個「驚喜」到底長甚麼樣子，心中小鹿不停的怦怦亂撞，簡直比第一次蹺課還緊張。

過了不久，來了一個好可愛、好有氣質的長髮美眉，她身高約一六五公分，體重大約四十五公斤，穿一套粉紅色的長裙，朝我這個方向慢慢走來。我一看就知道我一定會愛上她，心中不斷的呼喊著：「Ho! Yes!Ho!Yes! 我要出運了!·我要出運了!·」結果她走去跟我左邊的男生說話。

不久，又來了一個身著白色高領毛衣，淺色緊身牛仔褲，身高約一六０公分，體重約四十三公斤，還算可愛的女孩，身著白色高領毛衣，淺色緊身牛仔褲，也同樣是朝我這個方向走來。我不斷跟自己說：「Ho! Yes! Ho! Yes! 機ㄌㄟ馬美麥！機ㄌㄟ馬美麥！」馬的林老師壘，後來她是我右手那桌男生的女朋友……#@$%＊＊&！

我不禁開始懷疑是不是我這桌的風水不好，不然爲什麼漂亮的美眉都走不過來。就在我鬱卒地仰頭喝下最後一口咖啡時，門口前突然出現一位身穿紅色性感吊帶蕾絲背心，配上一件黑色皮製超短緊身迷你裙的女子，此物身高約一百五十五公分，體重約七十五公斤！站在那裡東張西望，一看就知道是在找學伴。最恐怖的是，她也是朝我這個方向一步一步走來。HO! My God! 我被嚇得自律神經開始失調，剛剛喝下去的咖啡不斷從鼻孔回流出來，我心中不斷的說：「HO! NO! HO！NO!」但她卻離我越來越近，越來越近，越來越近……

最後她終於停在我桌子前面，一瞬間，彷彿一顆原子彈在我腦海中炸開。那些我過去所發生過的事，恍如電影一般開始在我眼前閃現。嗚嗚嗚……我不甘願哪！這是我的第一次ㄟ。

接著她開使用打量的眼光審視著我，從腳底一直看到我的頭頂，臉上的表情好像我媽在肉攤前選豬腳一樣。我倆互相對望著，不知爲什麼，我發現手中的杯子竟然大幅度的抖動起來。

雙眼呆滯驚恐…
四肢不自主的抽筋顫抖…
常有噁心想吐的感覺…
嘔～
……
……
個性變得自閉，不相信人性，並常常喃喃自語…
這是在聯誼完後常常有的「恐龍症候群」。
眞的假的
馬的，好恐怖…

就在最絕望的時刻，她的眼神突然轉向，朝我後方狠很射去，我聽到她用乳燕呢喃般的聲音大叫一聲：「喂！學伴！賣造！哇底家啦！」然後「匡啷」一聲衝到我後面去，那時的我打了一個寒顫，恍如隔世般深深明白甚麼叫做「從地獄歸來」的眞正感覺。

接著我聽到她那清脆但不悅的聲音，在後方響起。對著某人大聲咆哮：「你剛剛是不想想要落跑！」但我一直沒有聽到那個男生回答的聲音，我只感到一股疑惑、被騙、害怕、恐懼、絕望和驚嚇的氣氛蔓延在整個凝結的空氣裡。

我實在是個有同情心的人，不過看到這種情形，我也愛莫能助。只能嘆一口氣，摸摸鼻子搖搖頭。孩子！要怪就怪這個大千世界吧（人人都耍老千）。我不是告訴過你，學伴的字跡、名字、尤其是聲音都不能相信的嗎？我沒轉頭去看那齣慘劇，因爲每當我的同胞在受這種苦難時，我都是很努力的爲他禱告，禱告他倆「終成眷屬」——然後從此不要再放那隻恐龍出來嚇人。

經過這樣多的波折，我仍餘悸猶存，久久無法平復。而且瞭解到聯誼是怎樣的無常，生死只是在一瞬間。看一看錶，咦！學伴怎麼還沒有出現，是不是要放我鴿子？

「喂！你就是學伴嗎？」此時忽然有人叫我，我猛回頭一看，唉唷媽咪喂！我手上的咖啡杯差點沒掉下來。一個我從來沒看過如此美麗的美眉站在我的後面，她、她、她，是那種男生看了會口吐泡泡的女生。剛剛那些美眉跟她比，好像黑澤明拍的一部電影叫「天與地」。但重要的是，這位秀色可餐的大美女是我今天的中餐，不！不是！是我的學伴，沒錯！幸運之神果然沒有放棄我，第一次就被我給乀到一個漂漂的美眉。哇哇哈哈哈哈！這種情形，怎一個爽字了得。我忍不住內心的興奮，心中不斷窮吼亂叫著，臉上一直掛著「欣慰」的笑容。忽然發現嘴角邊癢癢的，趕緊用手擦了一下快流出來的口水。

她除了有說不出的美豔外，我還可以看出她那凹凸有致的身材，起碼有三十六、二十四、三十六。不對不對，應該是三十四D、二十四、三十六。我尤其喜歡她的小蠻腰，所以我把目光放在那兒稍微久一點。然後再慢慢往上移動，移到她的上半身，頸部、下巴、鼻子、眼睛，咦！這時，我發現她的雙眼閃著淚光，是「喜極而泣」嗎？不太像，除了眼睛濕透外，她嘴角還微微的顫抖著。是太興奮嗎？也不對。因為我感到一種奇怪的感覺從她心底深處散發出來。那是一種很熟悉的感覺，好像不久前我才經歷過的。對了！那是一股驚嚇、恐懼和絕望、害怕的氣氛，蔓延在我跟她之間。

咦……怎麼會這樣ㄌㄟ？？？？

事後，我一直思索著這個問題。為甚麼她一直不敢正視我呢？為甚麼她那天一直急著要走呢？為甚麼我後來打電話一直找不到她呢？

不甩！
不理！
不聽！
蛙鳴聲…
呱！
呱！啊！
女生的三不…

事後我跟同學討論這個問題，大家也都說不出個所以然來。我們最後一致的結論是：「美麗的學伴果然很奇怪。」而我也這樣認爲。

從此，我再也沒有遇到這樣漂亮的學伴了。而我那「有哭」、「有笑」、「有叫」的驚險「聯誼之旅」，也從那次起，轟轟烈烈的在我的大學生涯中展開。

可歌可泣的大學生

在大學裡面，有一種很悲壯的動物，名字叫做「大學男生」，簡稱爲「大學男」。

「大學男」這種動物的生命極其短暫（多半只有四年，少則只有兩三個月），但一生卻極爲坎坷，尤其是在求偶的過程裡，更是充滿了可歌可泣的辛酸血淚。

想想這也要算他們命歹。很多大學男，高中讀的不是和尚學校就是和尚班級。如果家裡沒有奶奶、媽媽、姊姊、妹妹的話，女生對他們來講，恐怕跟外星人沒甚麼兩樣，悠悠歲月，三年寒窗苦讀，終於由高變大，考上了大學，但如果再考上一間男生爲主的理工學校，然後又讀裡面女生爲少數的理工科系，唉！人間慘劇也莫過於此吧！但是，縱使是讀一個男生爲少數的科系，大學男的情況也好不到哪裡去。

由於這些和尚學校出來的大學男生長期受青春期雄性荷爾蒙分泌過量的影響，再加上長年與女孩子隔絕，造成「滿腔熱血」如驚濤駭浪般不可遏抑。因此大學男初期在大學裡表現出來的樣子，似乎跟「正常人類」的行爲有些差異，反倒有點像發起情似的「雄性猛獸」。不是三不五時的頂著大光頭，瘋狂地四處找另一種叫「大學女生」的動物聯誼，不然就是搶命似地扒著宿舍電話不放，到處騷擾無辜女生，好像這輩子從來都沒見過女人。搞得校園裡風聲鶴唳，狼影幢幢。由於先天基因不良，再加上後天荷爾蒙分泌失調，所以，其求偶的下場往往可想而知，想來不禁讓人在風中唏噓不已。

求偶的歲月

但是大家放心，大學男的生命力強大無比，假如蟑螂有膝蓋的話，連蟑螂看了都要跪在他們面前俯首稱臣，自嘆弗如。

爲了贏得學伴、學姐、學友、學妹，或任何學校裡的雄性動物之歡心。大學男前仆後繼，卑躬屈膝，無所不用其極。每天的「晨昏定省」及「三跪九叩」不說，期中期末的貢品、補品，寒流深夜裡的點心消夜，都只是「標準配備」；三天一小朵，五天一大束的鮮花，更是準時奉上；二十四小時的聲控機車服務，噁心肉麻無恥的甜言蜜語，爲卿隨叫隨到。

有些大學男更狠，牙一咬，乾脆自我矮化成所謂的「大學三低男」（姿態低，要求低，限制低），撐大女生的胃口，更害死後進學弟，荼毒下一代。令人不禁嘆道：「天哪！男人何苦爲難男人。」

如此苟且偷生的過著求偶的大學歲月，如果幸運一點，不小心把到一個大學美眉，以爲從此苦盡甘來，天下太平。孩子！那你就大錯特錯了。那些沒有美眉要的同學或學長，通常會酸溜溜地帶你到外面去大肆「慶祝」一番。怎麼「慶祝」呢？就是慘無人道的「阿嚕吧」(Aluba)酷刑。

唉！連交到女朋友都不得安寧。你說大學男的命是不是有夠歹。

大學男與學妹

經過了一個冬天和一個春天，終於升上大二了，終於從廢鐵變成破銅了，由菜鳥變成老鳥，從蝌蚪變成青蛙，從媳婦熬成婆……最重要的是，終於從學弟變成學長，有很多涉世未深的大學男，以爲熬過了大一的「廢鐵的歲月」，進入大二的「破銅器時代」，有了新的學妹後，從此就能過著幸福快樂的大學生活。

老實說，那些天眞浪漫的把希望放在新進學妹身上的大學男生，大都事與願違，以悲劇收場。因爲新來的學妹通常一屆比一屆狠，一個比一個厲害。學妹沒有車子，找學長載；東西壞了，找學長修；晚上餓了，找學長買；想吃大餐，找學長幺。作業不會，找學長做；電腦當機，找學長救；捅了摟子，找學長扛；不想買書，找學長借；帳目不合，找學長墊。心情不好，找學長煩；戀愛諮詢，找學長問；失戀被甩，找學長哭。颳風下雨，找學長送；無聊沒事，找學長鬧。

唯一不變的，就是她們跟學長借車或借教科書時，全都是同一個樣子：下顎一收，嘴巴一嘟，眼睛往上一抬，一副楚楚可憐的樣子，然後再嬌嬌欲滴地說：「學長，我知道你對我最好嚕！」

但是，縱使遭到如此多非人的待遇，大學男生通常把學妹當成寶一樣地呵護，畢竟醜小鴨的學妹是自己的好，就算是被當成無聊時的大玩偶，或是借東西時的百寶箱。還是戀愛時的諮詢站、失戀時的避風港、搬東西時的猛男、寫報告時的槍手……善良的大學男，總是默默地忍受著一切逆境，毫無怨言地含著淚水守護著自己的學妹，好讓她們跟其他男生去夜遊、去約會……（因為……因為那是他唯一可以擁有的大學女生）。

大學男之輓歌

一陣秋風又颳起了，吹得腳底的枯葉滿地飛揚。不再需要任何人提醒，落寞的大學男也知道，這又是一個失戀的季節。

太多次的打擊，已經讓他們看透了校園的冷暖，求偶世界的無常。時光一點一滴的流逝，到了大三，大學男察覺到，他們的求偶生涯即將要走到盡頭。但回首來時路，滿目瘡痍，不禁我心悲傷，那些愛過的、被利用過的、被剝削過的，還有付出過的，要到哪一天才會得到補償呢？受到的委屈無從訴說，而他們的春天，又要到哪裡去找呢？

但是大學男知道，付出是他們的宿命，被利用是他們唯一的功能，命運是如此的悲哀，但他們仍願繼續向前，爲那無悔的青春奉獻出最寶貴的生命。所謂的「春蠶到死絲方盡，蠟炬成灰淚始乾」。

你說嘛，「大學男」是不是一種很悲壯又很悲慘的動物呢？

大學女生

哀悼完可歌可泣的大學男生之後，我們就不得不來聊一聊大學裡的女生：「大學女生」，大學內之「主流雌性動物」，俗稱「我們班的那些女生」，或是「我讀大學時心中永遠的痛」。當然，又稱爲「學姐」或「學妹」。

大學女生類型

我一個大學學長告訴我說，對他而言，大學女生只有三種。我說，願聞其詳。

他說，第一種類型的大學女生是，「你愛她，她卻不愛你的大學女生」。第二種類型是，「她愛你，你卻不愛她的大學女生」。第三種類型的大學女生是，「你不鳥她，她也不甩你的大學女生」。我說：「學長，你還少說一種，那就是：『她愛你，你也愛她的大學女生』。」學長一聽，用鼻子哼了一聲，很不屑的對我說：「哼！小孩子，不瞭解大人的世界，只是一味的綺夢幻想。世界上哪有甚麼『妳愛她，她也愛你的大學女生』，麥底厂一ㄚ抿盲啊。」

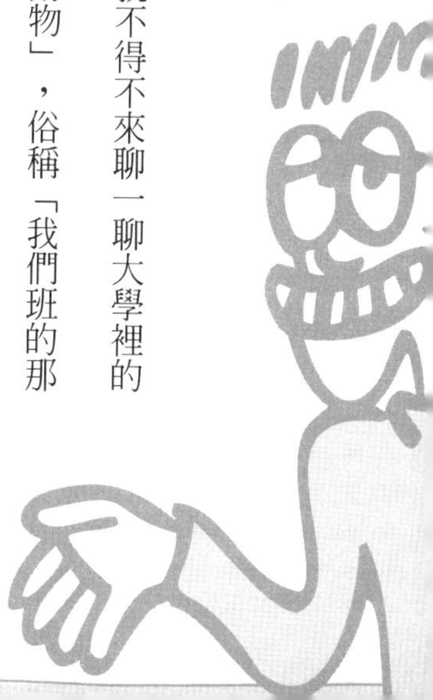

唉！這也不能怪學長，他長年受大學美眉唾棄，幾年下來，心裡已經有些變態了。難怪會把女生這樣分類。

學長又跟我說，如果你要在大學裡找折舊率最快、邊際效應遞減率最高的東西，也建議我去看看大學裡的那些女生。身價從金價一路狂貶到鐵價，只需要短短的四年。

我跟他說，不會這麼慘吧。我學姐已經念研一了，但她常常告訴我們。她在學校裡還有很多男生追她哩！

「……」學長遲疑了幾秒，接著開口跟我說，從心理學的角度來分析，他懷疑我學姐得了嚴重的「絕望性的狂妄幻想症」，而追她的那些男生，很有可能是精神療養院裡的男護士。

其實，我很不認同學長的分類，那實在是太過偏激狹隘了！根據我的研究、理解、分析、理性批判，以及跟大學女生實際相處的數年田園調查發現，我認爲現在的大學女生大致上跟武俠小說中的幾個古代的女主角個性頗有幾分類似。

第一種就是「黃蓉型」的大學女生。這類「女子大學生」，就像小說裡的黃蓉小姐一樣，反應奇佳，聰明絕頂，自信過人，但行事相當怪異。她們談韋伯，聽歌劇、穿名牌，聊天時內容還夾雜著大量的英文或是法文。她們有見解，有理想，有計畫。在校園內鋒芒畢露，星光耀人。好像跟正常大學生不太一樣。

唯一跟黃蓉不同的就是：她們大部分只會煮泡麵和吃鹽酥雞。

此外她們口才眞是厲害得不得了。所以你最好不要惹到她們，尤其講話一定要小心，否則會被那些不帶髒字的「語言暴力」或「文字打狗棒」給修理的「滿心」是傷。我遇到過這種類型的大學女生好多次，每個都讓我不寒而慄。印象最深的一個，是一次系上一個「黃蓉」學妹，她爲了會長的言語有歧視女性之嫌而在班上召開公聽會。把我那個當會長的同學（也是他學長），在台上罵得滿頭是包，批得滿臉豆花。她則

一副很氣憤的樣子站在講台旁瞪著會長看，她的表情讓我想起那次我把機票留在台南冰箱上，女友在中正機場櫃檯旁看我的樣子。

但批鬥大會結束之後，她卻主動約會長陪她一起逛街買她那件嚮往已久的「小褲褲」。妳說她是不是很特別。

如果你有這種女生當你同學，不知道你會不會受不了。但不要怕，我有兩種辦法可以對付這種女生。第一種是變得跟郭靖一樣笨，笨到她以爲你被她騙了。第二種就是要比楊過痴情，癡情到她以爲你眞的很愛她。

接著第二種是「郭芙型」的大學女生。此類型的大學女生，善於給大學男生製造麻煩和傷亡，引起校園內男女關係緊張。

她們均勻地散佈在校園的各個角落裡。其撒野、任性、嫉妒、霸道、蠻橫、愛耍小脾氣、貪小便宜的個性，在大學校園中無人能出其右。她們對愛情的態度是理直氣壯，忽冷忽熱，其座右銘爲：「奇怪！只要我喜歡你，有甚麼不可以」。而且很多都是女性運動的激烈支持者。

此外，她們難以捉摸，做錯事就跟你撒嬌說：「ㄟ！人家還小ㄋㄟ，你就讓我一下嘛……」

等到你要糾正她的時候，她就撒野了：「喂！我都已經上大學了，這種事還要你來教我嗎？」

有些「郭芙」還曾鬧到寢室來，搞得寢室裡連續三天沒人敢提早回來睡覺。她們有些是學妹，有些是學伴、同學或是女朋友，有些還是網友。但感謝老天爺，幸好她們全都不知道如何下毒藥、射毒針，更不會使劍。否則，我在想，我那些男的大學同學，很多不是已經被她們用劍砍成十八塊，不然就是被潑王水毀容。

第三種是屬於「小龍女型」；此類女子大生，多自女校應屆畢業，單純善良，冰清玉潔，多愁善感，「感情世界一片空白，愛情智商近乎白痴」。實在跟小龍女有得拼。可能因爲愛情小說看太多了，對大學之戀充滿過多的期望，尤其對現代的大學男生有著不切實際的幻想。

這類的妹妹特別容易無預警地掉入情網裡，也特別容易被壞壞的男生騙。常常被騙之時渾然不覺，被騙之後只會傷心落淚，到處找學長訴苦。

我曾陪過一個「痴」情可憐的小龍女，在一九九三年的某個連續假期裡，連站了三個多小時的復興號火車從台中到台北，還差一點在火車上被擠到墜車身亡。只爲了陪她去送兩顆紅色的蘋果給一個腳踏兩條船的大學騙子吃。哇哩勒！那眞是我在大學裡做過最偉大也最後悔的事情之一（至今想來，仍然很後悔當初沒有在那兩顆紅蘋果裡面下毒）。

最後一種是「任盈盈型」的大學女生。這種女子大生美麗大方，溫柔婉約，聰明慧黠，是大學男生夢寐以求的類型。如果她們喜歡你，會不著痕跡地給你機會，讓你靠近她們，談一場大學之戀。絕不讓你追得滿頭包之後，還不讓你牽她們的小手。

她們總是知道何時該像小女人般撒嬌地說「我要」，何時又該像現代女性般果決地說「不行」。她們更知道在你晚上開夜車時，在電話的那一端替你加油打氣。還哄你說如果明天考得好的話，會考慮給你那要求了好久的「禮物」。

寒流來時，她們會織一條長長的白色羊毛圍巾送你，一端圈住你的脖子，另一端圈住她的，然後陪你散步在充滿詩意的校園裡。

出去旅遊時，她們會坐在機車後座體貼地輕輕按摩你僵硬的肩膀；下車時還會無預警地拿出手帕替你把臉上的塵土拭去。

你失意時，她們偎在妳的懷裡陪你嘆息；你生氣時，她們遠遠地望著你卻不離開你。她們的一舉一動，都讓你深深相信，這一段日子，將

是大學裡最值得留戀的美好回憶。基本上這類型的大學女生，在現實的世界裡很難找到，她們的分佈位置不明，總是靜靜地躲在校園中某個角落裡。尋找她們必須碰運氣，靠運氣，對了！還要常禱告。

行文至此，我不得不說，這些跟我們男生一起以同等分數考進大學的大學女生，原來早就是命中注定要在大學裡呼風喚雨，苦毒眾生的「至尊無上」。可不是嗎？因爲在學業上，她們已經可以跟大學男生一爭高低而四處橫行。就算是爭輸了，只要她們擁有美麗的臉蛋和勻稱的身材，只要她們懂得如何跟大學男生撒嬌，也能保證她們成爲贏家。妳說她們如果連撒嬌都不會呢？那……那就撒野吧！因爲撒野碼ㄟ通！讓人不禁深深嘆道：「嗚呼！生在大學的女性，是何等的有幸，而生在大學裡的男人又是何等的悲情！」

最後，請原諒我說這句話，因爲我是一個喜歡大學女生的男生。眞的！如果沒有大學女生的話，我們這些大學男包準一個都活不下去……

但是，我們也許會死得比較輕鬆吧。

五花八門觀社團

每個大學生都知道，社團、學業、愛情三大學分，號稱「大學金三角」，也是「大學三大必修學分」。然而，課業學分必需要靠智力和努力方能有所成就，而愛情學分則必需靠心力、勞力和精力才能有些結果。以上兩項學分，似乎都需要有一些天命方能完成。但是社團學分就不一樣了，只要你願意參加，就會有一些收穫。

所以剛剛擠進大學窄門的莘莘學子，第一個修到的金三角學分，不是心儀已久、朝思暮盼的「戀愛學分」，更不是乏味無趣、煩厭噁心的「課業學分」，而是由一群油腔滑調、能說善道、舌燦蓮花的學長學姐所主導的「社團學分」。

變身！

「唬」學弟
唬爛
唬爛
「騙」學伴
馬腳？
「吹」學妹
吹「牛」
吹「牛」
奇怪！自從上了大學以後，怎麼感覺好像變了一個人似的

怎麼到處都是皮調客啊！

少年咧 坐這台！
這台卡好
我這台
呼！在學校就不怕有人來拉客了。
請加入 滔滔社
請加入 文學社
請參加 聚光社

各種社團林林總總，多達上百種，看得讓人目不暇給，眼花撩亂。不知道要參加哪一種才好。

如何騙到新社員，則是各個社團的重點任務，大家各憑本事，各展神通。有的學長學姐使用口水戰術，滔滔不絕地大肆吹噓本社的英雄事蹟（這類社團大概都是一些政治性、異議性的社團，如學生會）。有的則用溫情攻勢，待之以禮，曉之以情，除了奉上茶水點心招待外，還噓寒問暖一番，親切地陪你聊聊天，說一些感人肺腑的大學小故事。讓人感到有家的溫暖（這類的社團多是服務性社團，比方說聚光社、兒服社等）。

1 吃喝
2 玩樂
3 談情
說愛
這是社團的三大功能

有些社團只給你看歷屆出遊時的團照（照片裡總有許多笑得很諂媚的學姐和笑得很淫蕩的學長望著你），讓你知道，來到本寶社，你後半輩子的吃喝玩樂就沒問題啦！有時學長還偷偷暗示你，本社甚麼都沒有，就是漂漂的美眉特別多，並不經意地洩漏一小段他們社上的「愛情故事」，劇情曲折離奇，感人肺腑，聽了上半部後還想知道下集。但此時他會就此停住，並跟你說，學弟！百聞不如一見，還不如現就加入本社吧！來經歷一番如何。

有的社團則是看起來快倒快倒的樣子，裡面的學長姐用乞求的眼神望著你看，似乎在告訴你，如果你不來當社員兼幹部外加下一屆社長，這間店就準備關門大吉。不只如此，教育界就準備毀了，國家就要滅亡了！最重要的是，創辦人就等著跑路兼被記大過。說得一副嗒然若喪的樣子，讓你不得不坐下來聽一聽他們的故事。當他們娓娓道述本社的悲慘遭遇時，那悲痛欲絕的表情，眞是如喪考仳，聞者沾襟。於是，心軟的你就當下決定，加入這間快倒的社團，看能不能力挽狂瀾，枯木回春，結果……

總而言之，不論是溫情攻勢也好，口水戰術也罷！或是來個色誘、乞求的招式，最後學長學姐拿出發票簿向你要社費的樣子都是一樣的。並且強調要當場買單，現金交易！否則，算了！拉倒！

當單身遇到自由

聽了那麼多別人的愛情故事
看到那樣多熱戀中的男女沉浸在一段段大學戀情中時
好想也牽著妳的手手送妳回家
凝視著妳的背影　走進女舍
當單身遇到自由時
常常會產生出寂寞這個孩子

於是我離開了自由　送走了孩子
但當兩個人在一起時……

又不知不覺地羨慕起單身時的那段時光
覺得單身是那樣的美
自由是那樣的快樂
怎麼會這樣ㄌㄟ
原來
當我害怕寂寞而甘心束縛在愛情的囹圄中時
我才能明瞭
自由的日子
是多麼的可貴

大學「夜間部」之愛

我有一位大學同學，曾在某大學附近的便利超商打過工。有一次跟我抬槓時告訴我，在他們店裡最暢銷的商品是保險套。有時某些暢銷的品牌，一天還要補一兩次貨。

哇靠！一天要補一兩次保險套的貨！？有沒有搞錯啊！是眞的還是假的。這未免也太……誇張了吧！如果眞是那樣，教育部聽到這個消息不知道該是高興還是難過。因爲這一方面表示台灣人精力充沛又能幹，另一方面還代表學校的性教育非常成功。

關鍵在哪裡呢？根據我的分析，我猜那間鄰近某大學的便利超商附近，肯定住了許多同居的大學生。

大學生的同居物語

唉！一說起「大學生同居」這個話題，就讓我有滿腹的故事想要發表。

記得剛進大學不久的我，有一天傍晚跟Q毛被「家族學姐」拉到學校附近請吃大餐。所謂的「大餐」，就是那種四十五塊錢一碗的榨菜肉絲麵，外加免費泡菜跟紅茶。最重要的是有吃到死不用給錢的「加麵制度」（只要你的碗還在，就可以無限制的到加麵區去加免費的麵）。此外，那兒也是一個大學生居住的社區。

當時，我跟Q毛正坐在門口外的一張桌子上，塞下第四ㄊㄨㄚ的免費白煮麵。我撐著褲帶望著街上川流不息的大學生人潮，忍不住插嘴問正在拼老命吃麵的Q毛說：「ㄟ！Q毛，奇怪ㄟ，現在情侶流行穿脫鞋散步啊，我怎麼看到有這麼多對穿拖鞋出來逛街啊！」

Q毛頭也不抬的邊吃邊說：「喂！你沒看到我正在忙嗎？你不會去問學姐啊！」

於是我轉頭問學姐同樣的問題：爲什麼現在情侶流行穿拖鞋出來逛街呢？

學姐聽了之後，緩緩的抬起頭來，用一臉悲痛沈重的表情望著我，然後再看看正在吃免費加麵吃得快吐出來的Q毛，嚴肅地說道：「學弟，大學生同居是一件很要不得且不應該的事情……因爲這代表一個國家的高等教育和倫理生活的徹底失敗！」我「？？？？」「……還有……同居很容易衍生出許多問題的悲劇，造成無法彌補的錯誤與悔恨。我希望你們將來不要步上他們的後塵，做出這種傷天害理、悖逆倫常、叛道離經的苟且之事！」我……「！！！！」她接著又說：「這些同居的大學生，不知道父母花錢送他們上大學的目的，以及國家社會對他們的眞正期許……只知道在他們最寶貴的青春時光裡，浪費生命在這種荒唐的兒女私情上，眞是可悲復可笑又可惡兼可恥！」我……「?!?!?!」她不停的說：「所以你們要好好給我記著！千萬不可以在讀大學時同居，……這樣，也不枉費學姊我今天請你們吃這頓『大餐』的良苦用心……」

「嘔！」聽到這裡，Q毛終於忍不住大聲地吐了滿地。

一下吃那麼多難吃的麵，
難怪你會吐…
嘔嘔

其實是一下子聽了那麼多難聽的話才吐的。

吐得好。我忍不住在心裡拍手，不然真不知道她會說到何時。我猜Q毛一定是吃太飽撐著了，但選在這個時候吐，也實在是太妙了。

學姐先是用一種失望的眼神看了他一會兒，然後才拍拍他的背，輕聲細語地跟他說：「忘了告訴你們一件事。吃這種大餐時，一定要抱著『平常心』來吃，學弟！你太衝動了……」

Q毛後來說，本來他不會吐的，但是學姐說得太饒舌，實在聽不下去，所以一陣反胃，就淅哩嘩啦……他又說，不過說真的，到現在，他還搞不清楚「情侶穿脫鞋出來逛街」的真正原因是甚麼。但似乎跟「大學生同居有某種程度上的關聯。我也在想，難道說他們之間有甚麼互動性嗎？這也許需要做個調查和做個回歸分析來看看有沒有正向關係後，再做決定。但隨著大學生活的腳步逐漸展開，我聽到，看到，遇到的同居大學生也越來越多了。於是我赫然發現：「大學生同居」這件事，對許多現在的大學生來講，根本就不是一個特殊的「專有名詞」，而只是一個很平常的「普通嘗試」罷了。

還有一點，至今也是原因不明的。那就是：當全世界的人都知道這兩個大學生在同居的同時，爲何就只有他們的老爸和老媽不知道呢？這也是一件需要探討的事。

窗口邊的「瞭望員」

大二那一年，學長說他位在二十二巷那間宿舍的地理良好，風水絕佳。窗戶對面那棟第四層從右邊算起第五間，和第五層從左邊算起第三間，各住著一對同居的大學生。常有許多令人心曠神怡的景色可以欣賞。所以那一陣子，我常跑到學長住的地方去瞭望「風景」。

我倆常關著燈站在窗口泡茶聊天，聊天的內容大概都是這樣的：

「奇怪，學長，你不是說他們這個時候會一起去洗澡嗎？怎麼到現在還杵在電視機前面？」

「別急嘛！我已經觀察好多次了……不會有錯的。」

「……」

「看吧！對不對？」

「ㄟ！真的ㄟ！」

「那他們通常都洗多久？」

「嗯！這個我就不知道了……沒關係，我下次再來觀察看看。」

有的時候我們的話題則變成這樣：

「喂！學長，我覺得那個傢伙的動作不正確ㄟ，這樣子女生一定會覺得不舒服……」

「嗯！我也這麼認為，至少應該再輕一點……噓——嗯……快了！快了！」

「哇咧！每次到緊要關頭，就把窗戶關上！」

很多時候我們的話題充滿著悲憤：

「ㄟ！那個男的怎麼長這個樣子啊？」

「幹！那個『俗仔』！我早就看他很不爽了……」

「奇怪，爲什麼這種人也會有人喜歡。」

「這叫做『黃鐘毀棄，瓦釜雷鳴』！」

「……」

「學長！爲什麼像我們這種好男人，只能落到在這裡做『風景瞭望員』的下場？」

「吼！你又不是不知道，這是一個天地閉，閒人隱，小人得志的時代。」

「……」

「喂！學長，他們好像往這個方向看過來了！」

「糟了！事跡敗露！快閃！」

令人羨慕的同居生活

在做瞭望員的這段歲月中，有一次半夜裡，我跟學長聊起他對「大學生同居」的看法。對於一個大學男生來說，他表達了我所見過最深沈且最真實的心聲。他說他常常一個人孤伶伶地站在這個窗口，遙望著遠方房間裡那些同居的男女同學。其實心裡最想看的，倒不是那些令人心跳臉紅，血脈賁張的鏡頭，而是那一對對同居的大學情侶，共同生活，彼此照顧，享受他們生命中最自由、最快樂、最燦爛大學生活的溫馨畫面。

他說，曾經在一個仲夏之夜，他一個人心情鬱悶，於是爬到六樓的陽台上透透氣、吹吹風。他趴在陽台的圍牆邊俯瞰，看到底下是一片燈火通明，綺麗輝煌的大學城世界。

他告訴我，那一瞬間，他卻忽然感到如此的失落，爲什麼總是形單影隻，隅隅獨行呢？應該是多采多姿的大學生活，爲何卻是這樣的孤單呢？爲什麼沒有一個紅粉知己來分享他的喜怒哀樂？想著自己的大學生活：課業很多重修，社團方面擋修，愛情全部死當。以前編織的那些憧憬幻想，現在像春雪般一點一滴的溶解。想到這裡，他就很想從樓上往下跳下去，但又不敢，也不甘願，因爲他還是個處男。

來大學你有參加過社團嗎？
沒有
那你有沒有談過戀愛？
也沒有
嗯！愛情、社團、學業三個學分，你只修了一個，……
完了！你被二一啦

就在這個時候，那間住了一對小情侶的寢室情景卻深深地吸引了他的注意。在從沒關上的落地門裡，他發覺裡面那位男生，似乎是重感冒發燒倒在床上，額頭上還敷著一條半濕的毛巾。而在旁邊照顧他的，正是跟他住在一起的女孩。那女生一邊看書，一邊替她男友遞換毛巾。有時還俯下身體，用臉去測他額角上的溫度。就這樣，那個女生輕輕地坐在他床邊兩個多小時，而學長也呆呆的站在那裡偷窺著那一對小情侶兩個多小時。他想到他這一生「孤苦伶仃」，小時候讀的是和尚學校，長大後又是念理工學院，盼啊望啊的，就是希望能在大學裡交到女朋友。但沒想到，上了大學，事與願違，至今仍孑然一身。

他哀傷的相信哪天如果他病死在寢室裡，可能好幾天都不會有人發現。學長告訴我，那兩個多小時裡，那一幕改變了他許多的想法。他說他以前也是個「衛道人士」——也反對大學生同居。但自從看到那一幕之後，他改變了。

大學裡的同居夢

他說，如果同居，生活就不會這樣了。生病時可以有人照顧，心情低落時可以有人談心，就像那個女生照顧她男朋友一樣。彼此互相扶持，那是多美的一件事啊！

他強調，況且他身體壯得像條牛，絕對不會有機會生病讓女朋友來照顧。相反的，假如他女朋友生病的話，他一定每天蹺課，不吃不喝不睡的陪在她身邊一直照顧她到好。接著，他又列舉了許多同居的好處。比方說可以節省生活開銷，避免資源重複浪費。他跟我保證（但好像搞錯對象了），將來他的東西就是他女友的東西。此外，他還補充，同居象徵著兩個人的感情堅貞，女生還可以就近監視他，更加對他放心。而且同居還能夠更加看清一個男人的細微末節，比方說晚上刷不刷牙啦，牙膏是從中間還是後面開始擠的啦、生活習慣好不好啦，負不負責任……等等。

學長講得似乎欲罷不能，接著又說，況且，住在一起，做愛做的事也比較方便……。

「啊哈！」我大笑！「色伯！馬腳終於露出來了！這才是你的最終目的吧！」

「錯！」學長一副受盡天大冤枉的樣子，嘶聲力竭地大吼。

「這種事當然是在兩情相悅的情況下才能發生，」他說：「而且就算沒有同居也可能會發生。」學長又說：「假如女生不同意，我一定會尊重她的決定，這是基本認知好不好。」

「……」我沈默無語。誰叫我也常說這種屁話來騙美眉。

結果，那天晚上，我跟學長一直聊到天明。我們一致立下誓言，發誓在「大生之年」（在大學的有生之年裡），一定要實現同居這個夢想。我們還相互約定，到時候絕對不用望遠鏡去偷窺對方的作息。後來不久，我因忙著追美眉而沒有再到學長那兒去「遠眺風景」。據說學長這段時間交了女朋友。有一天我在校門口旁邊遇到他，那時他正在等他女朋友出來，就跟他說的一樣，他眞的是很照顧那個學妹。我促狹地問他說：「嘿嘿嘿！你們現在住在一起啊？」學長跟我尷尬的笑了笑，說：「嘿嘿！我想了很久，爲了女生好，這種事還是留到以後吧。」

這時他學妹背著背包出來，學長跟我說：

「拜拜！我要送她回家。」就牽著手走向車庫。

那天我望著他們離開時的甜蜜背影，忽然發現，沒有同居，反而更輕鬆快樂。有一些夢想，其實根本不必要去實現的。就像學長跟我在那夜許下的大學的「同居夢」，看來永遠也只是一場夢吧。

大學童話

那些關於我們的傳說

昨天蹲在寢室外跟學伴講電話，聊了好久好久，從太陽西下一直聊到月上東山。然後又不知道過了多久，學伴忽然要我趕快看外面，我抬頭仰望天空，原來學校起霧了。

好美……這是我第一次看到學校起霧，整個校園好像被一層朦朧的薄紗給籠罩住，在氤煙縹緲中，有種夢幻似的感覺。我……是不是在作夢呢？說不定我眞是在夢呢！因爲許多校園傳說，彷彿就在這個時候都從草叢裡、樹梢間，從石縫中，或從寢室的床鋪下鑽了出來。遠處七十棟門前那盞蒼白的老路燈，靜靜的凝視著大門前的水泥地，好像在跟前方那片樹林一同細數著校園裡有多少傳說……

我好喜歡好喜歡的那位女孩，還有班上同學阿川、捲毛、震宇、協豐、大馬，還有那些將來會跟我認識的朋友，想此際，你們都已沉沉入睡了！留我那未完的單戀，還有今天我們發生的大學故事，我仍深切的回味著，而你們卻已安然入夢了。在學校裡的喜怒哀樂，今天的還明明白白，明天呢？明天又要變成校園的另一個傳說吧！

我忍不住轉頭問電話裡的學伴，我們現在是不是在大學的夢裡啊？是不是這夢會隨著明天清晨的到來而消失？她沒有回話，似乎也在這寂靜裡酣然入睡。怎麼大家都睡了呢？

那盞路燈還是那樣靜靜的照著……今夜它是在談論誰的傳說呢？

而我……會不會是傳說裡的主角？

想到這裡……我也想睡了……

夜更深了……霧……好冷。

輕輕爬上床去……向妳偷偷說聲晚安，今夜，我想要夢到朝陽。一九九二年冬……

再見，相思林

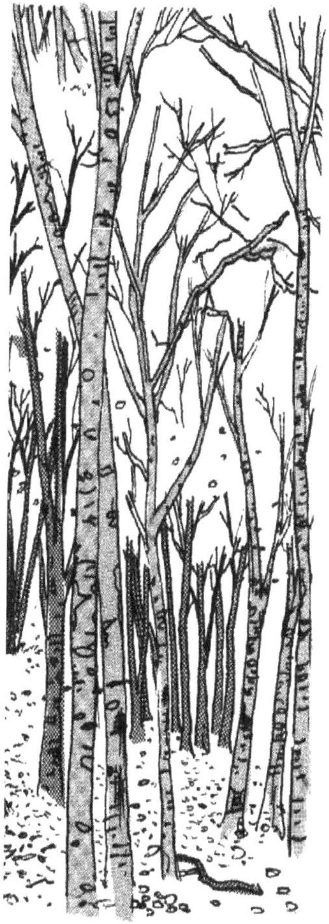

那片霧氣繚繞綠油油的樹林，至今仍常在我午夜夢迴中出現。記憶裡是七年前剛進大學的秋天，那時，我對學校仍一片陌生。只記得送走了家人後，一個人寂寞地徘徊在寢室裡，幾個新認識的室友仍然不熟，誰也不知道誰的底細，都爭著大肆吹噓一些自己的奇聞軼事，反正也不曉得是真的還是假的。

在人群裡，我忽然間感到好陌生、好寂寞。感覺好像這裡不是屬於我的地方。

接著不久是晚餐時間，阿孟提議說要到校外吃晚飯，於是一夥人便沿著通往上排的斜坡上走去。那個黃昏，點點飛鳥正要歸巢。空氣中瀰漫著一股涼涼的秋草芳香，路上大家又吹又笑，夕陽的餘輝灑在我們這群飢腸轆轆，卻又不知天高地厚的新鮮人身上。

走著走著，轉過圖書館的後方，穿過了一座石門，我赫然發覺自己走進了一座濃密的森林裡。那是一片滿山遍野的相思樹林，枝葉茂盛地交錯成翠綠色的林幕。茂密完整的樹叢，疊出重重的層次，從近到遠，從清晰到模糊，渲染出一幅優美和緩的景致。枝椏在微風中搖曳著，使得樹葉悄然飄落，紛飛在風中，無聲無息地滑過我的臉龐。山林間的石板小道沿著樹林蜿蜒而上，伴隨潺潺的流水聲，在秋昏的繚繞中，感覺有些不眞實。彷彿是在夢境裡。

我抬起頭，那是我所見過最奇特的景致：那片樹林，有垂下枝頭的，有彎曲枯折的，有高挺直立的，縮捲的枯葉、新發的綠芽，隨風飄擺搖曳。好像被我們這群新生吵醒似的。剎那間，全都變成一位位慈愛的長輩，又像是一個個久別的老友，靜靜的立在那兒迎接我們這群新生的到來。此時，我彷彿聽到那穿梭在樹梢間的低吟，告訴我說：歡迎，歡迎，歡迎來到相思林，你們是受歡迎的一群朋友，是我們等待多時的孩子，讓我們好好彼此對待，好好彼此珍惜……

我一邊走一邊忘神的傾聽，就這樣穿過了相思林，對一個懞懞懂懂，初次離家的的新生，那是一個別開生面給予安慰的歡迎。

奇妙地，我不安的心頓時平靜下來，我從此認識了這間大學。也看到了相思林，那是我第一次看到相思林，一座完整有生命的友情森林。

沒過多久，我就聽到許多學長姐對即將被砍伐的樹林，提出抗議和評論。許多抗議活動也因此展開，我看到幾位溫柔嬌小的學姐站在廣場前，勇敢的大聲疾呼，請學校保護這一片美麗的樹林。

這時，我的大學生活，也漸漸跟著鄉思林結合起來。但並不是爲了它而生存。我再也沒有感受到它的凝視了，穿過樹林時，總是匆匆的趕去參加一個家聚，我再也不曾聽到那悠悠的祝福了，因爲總是跟學伴聊天時無心經過。只有在它悄悄落下幾片枯葉提醒我時，我才會猛然地抬起頭來，跟那片久違的樹林打一聲招呼。

道別

大二的那年寒假，鳥語聲中的山上很冷。繚繞的霧氣，重重層層的疊在學校的每個角落。我靜靜地佇立在那片光禿的樹林前，數著一棵棵被機器吞噬掉的林木。殘枝成束成束的被綑成一堆，丟棄在角落邊，地上還留著拖曳的痕跡，似乎是死前的掙扎。

彎下腰，我撿起一根斷枝，握在手上。呆呆的凝視好久，嚴寒的東北季風從山上順勢颳過我的腳底，吹得滿地的枯葉飛揚。風，也在那片空曠的平地上，發出悠長而嘶啞的哀鳴。與其說那是空氣流動的聲音，倒不如說是剩下的相思林害怕得在哭泣。

我對自己說，沒關係，還剩三分之二的樹林。現在能說的，也只有這些了吧！於是我準備轉身離去，正要踏出水泥地時，我轉頭再看了一眼。就在此時，那塊荒蕪的原野，忽然變成電影，並開始一格一格地倒轉，然後停格在那年秋天的畫面。迎接我的那片溫馨的樹林朋友，此刻又一個一個站在我的面前：那個新進校園的少年，那片午後的樹林，那群迎接我的朋友，又一幕幕重新的閃入我的眼簾。

它們搖曳著葉梢，親切溫柔的跟我打招呼，彷彿又告訴我說：歡迎歸來，歡迎歸來。我頓時想起，是該說聲再見的時候了，因爲這景象將永遠不再。

「再見——鄉思林。」於是我說：「再見！鄉思林。謝謝你們當時對我的祝福。」

也在此刻，我那顆不識愁的少年心，又開始窸窸窣窣地飄起雨來。

啼明鳥的傳說

清晨五點半左右，校園內仍然一片靜謐。絢爛的晨光卻已如潮水般從橫亙綿延的山脊後方，向四面八方蔓延開來，有的滲入飄在山嶺上的雲朵，漂出五彩繽紛的顏色。有的就傾瀉在蓊鬱翠綠的山上，將那裡的校園染成一片奶油般的金黃。

逐漸，群鳥的鳴囀，開始穿梭在樹林的枝芽縫間，木造的宿舍迴廊裡，和寬廣的庭園教室中。在此時，總會有一兩聲奇特的鳥鳴，悠悠地迴盪在群雀的歌聲中。聲音如此的清脆遼遠，比黃鶯還美，卻不似杜鵑的悽迷，更不像麻雀的嘈雜，讓人不禁想問，那是不是傳說中「啼明鳥」的歌聲。

「啼明鳥」的傳說，記得是大一時一位勞作的學姐，告訴我的一則校園傳奇故事。

她說好久以前，有一位盡忠職守的勞作學長，被學校分發帶領學妹們打掃早晨相思林地區的落葉。相思林是一片由相思樹形成的寬廣落葉森林，尤其每到秋天，林中低聲呼嘯的秋風，就會把相思葉吹得滿地紛飛。那兒，從來就是最難掃的地區。所以，不論學長跟學妹再怎麼努力打掃，早晨的落葉總怎麼掃也掃不完。

看著那做不完的勞作和累得滿眼淚水的學妹們，這位負責任的學長常常自責又心疼，於是他想了又想，終於想到一個辦法。那就是每天早晨，趁著天還沒亮時，先上山來打掃，希望學妹再來時。就可以讓她們快一點做完下山。

於是第二天清晨，學長頂著露水，獨自上山。寒冷的天氣，使他呼出的空氣凝結成一片白煙，相思林滿地的枯葉，在他腳下輾軋地發出脆裂的聲響。在黑夜的包圍下，他拿起掃帚開始打掃落葉。

掃到一半時，忽然發現，遠方一個嬌小的身影從小徑上出現，定睛一看，竟然是組裡那位愛唱歌的小學妹。那位學妹跟他一樣，也想偷偷地提前上山打掃，只因爲不忍看到她暗戀的學長，每天爲掃不完的葉子而愁眉苦臉。

不期而遇，學長學妹相視而笑。約定不讓這件事給任何人知道，從此每天早晨，相思林中就會出現這對學長學妹的身影。他們邊聊邊掃，學妹喜歡唱歌，低吟的歌聲迴盪在樹林中，相思林的落葉，似乎不再那樣難掃了。

只是學長始終不知道學妹的心意，而學妹也從未向他表明。就這樣持續了一段時日，直到有一天，小學妹忽然沒來掃地，學長詢問大家，同學都說她身體不好，請假下山回去了。在那個年代，聯絡，是多難的一件事，於是學長只有靜靜地等待，一天、兩天、三天，一個禮拜過去了。學長依舊每天在天亮前上山打掃。期盼小學妹能出現在樹林小徑的石板上。但是學妹卻始終沒有再出現過。

我常常在想，要是勞作能夠男生女生一起做，也許大家就不會認為這是件苦差事了。

就在傷心之際，有一天，一種神秘的小鳥，在天還沒亮時，忽然在相思林裡啼叫著。鳥兒的歌聲，先是從樹林裡的某個角落傳出。然後再輕輕地向四面八方散開來。接著越來越遠，越來越響。最後，持續不斷的歌聲，繚繞在整個相思林裡。

那鳥鳴的聲音，清脆嘹亮，優美動人，正在掃地的學長，深深被這歌聲所吸引。於是他放下手邊的工作，抬起頭來，靜靜地聆聽這從未聽過的鳥啼。鳴聲似乎充滿著依戀，深長而悠遠，久久迴盪在山林裡不捨停歇。良久，才逐漸往遠方的溪谷散去，一寸一寸，越傳越高，越飄越遠。終於直入雲霄。消失在白雲的盡頭。讓人不禁懷疑，這歌聲是否來自天堂。

學姐說，當學長閉著眼睛傾聽一會兒後，淚水不知不覺從他臉龐滾滾地流了下來。因爲就在剎那間，他已經明白，從此以後，他再也等不到那盼望的身影。剎那間，他已經明瞭，學妹永不會再回來了。

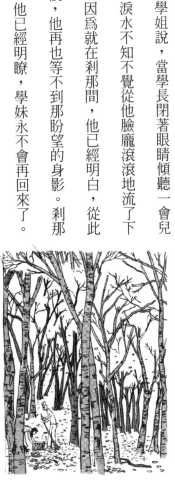

學姐告訴我，小學妹已經化成晨鳥和歌聲，永遠地與相思林在一起……也就從那個時候起，啼明鳥的傳說，就一直流傳在山上。

在天還沒亮時，相思林裡，會有一種神秘的鳥兒啼叫著，你看不到牠，因爲牠只叫幾次就躲進密林深處去了。但如你聽到牠的聲音，那一整天都會很幸福，啼明鳥更象徵著那兒的大學生信實、勤奮、負責的傳統和那純潔浪漫的愛情故事。

此刻，天已大亮，太陽已從綿延百里的山後升起。橫掛在悠悠的藍天上。縹緲的山嵐緩緩地橫過山巔，又是新的一天。掃早晨勞作的學弟妹們出現在他們自己的工作領域裡，開始一天的工作。他們應該是幸福的一群吧！因爲，他們今天最接近啼明鳥的傳說。

「嗨！你是啼明鳥嗎？」

後記

當那段金黃色的歲月變成了一張薄薄的畢業證書，而我那些大學夥伴們，也一個個化做 e-mail 信頭上的藍色名字，像天上的星星，在多少個寂寥的異鄉夜裡，陪著我在電腦螢幕前眨呀眨呀……

我知道，很多事情，已經都化為往事了……。

所以，我的朋友，好像該是停筆的時候了。雖然還有好多故事沒能告訴你。但是，似乎是奮起去實現那些曾許下過的承諾，和未完成夢想的時刻。我有些不捨，因為這一次，我的大學生活，是真的結束了吧……。

於是，我想最後一次把它畫下來給你看。希望你不會忘記。就是這裡：是我最懷念也最珍惜的地方。如果有一天，你不經意來到這兒時，請你稍微停留一下。看看是不是有一個好像剛睡醒的男生，穿著牛仔褲，趴在草地上曬太陽，看閒書。一副天真的以為時光從來不會流逝的樣子

，就像我圖裡面畫的人一模一樣。假如你有看到他，你就知道他是誰了。然後，請你順便悄悄地捎封信給我，好讓我知道，那傢伙又回來了。

接著我會打個電話給他，跟他說：「ㄟ！別老是這麼混好不好！不去好好努力工作，常常跑回來當甚麼『校園阿肯』。」